文
景

Horizon

社科新知　文艺新潮

李维菁
（著）

Life is Sweet

生活是甜蜜

上海人民出版社

【推荐序】

推荐序

钟晓阳谈李维菁

钟晓阳（小说家，著有《哀伤纪》《停车暂借问》等书。）

从她第一部书起我们便知道李维菁能写，现在我们知道她能创造一整个世界。在新作里，对时代、对时人时物有着敏锐触觉的她，回溯至20世纪末，重现她青春成长期的台北，细细勾勒出一女子的跌宕半生。写纯真与世故，写追求与伤害，写人生百味也写集体回忆。不论我们打开这书时是带着什么样的预期，“少女学”是否未完？或徐锦文是不是另一个许凉凉？可以确定的是，在这里可以看到李维菁站在另一高度上的实力展示。

随便从哪句哪行看起都会一直追看。你完全感觉到文字背后，那有着瀑布之势的强大丰沛的想象力与创作力，让你也想用澎湃的心情去迎接它。

我深深被里面的异想色彩的部分吸引。有时夹在叙事里、有时用随想方式呈现，里面会谈到原始人类、巫师、远古怪兽、神话人物、日本卡通人物、公主王子、歌星明星、流行乐队、成名艺术家与时装设计师——都是些大众记忆里具有代表性的族群或人物或形象，可凑合出一个诸神国般的世界。我想象那载着徐锦文一站一站穿过圣诞夜台北市的列车其实是穿过这片土地的，开向过去未来浑成一片的时空。戴安娜王妃与徐锦文目光对上是当中难忘的一幕。这些故事或段落是折射主题的碎片，统合起来是个整体但不是全部，读者的想象和诠释才是那不断发大的全部。

李维菁的笔底世界是个失乐园，却并不暗淡，反而有种造物方七日的亮丽刺激。那清醒犀利的洞察力是成人的，却又有种透过孩童之眼观物的新鲜好奇。纯真与世故是这里面的两面镜子，明暗相映。

01— 锦文，倒着行走

她站在他身后，默默听他说话，原本涣散的精神逐渐收束，心智从四面八方回到两眉之间。她觉得这世界让人疲累，怎么连一顿饭的安稳也没有。没办法，这次买卖不成，仁义也不在了。

“说起来这位徐锦文小姐什么都好，模样好，气质好，不过我想我和她是没办法的。她年纪大了点，其他条件什么的我倒是中意的。”那男人想要安慰介绍人似的，“不过没关系吧，就算不和徐小姐交往，我想多认识个朋友也无妨，大姐你这么热心，可别在意，你懂我意思懂我意思吧？”

徐锦文在化妆室整理完回桌，听到那男人跟大姐挑肉似的称斤论两，她一离座就急着在她背后宣告这笔买卖不成。话说到一半男人警觉徐锦文已站在他身后，可能刚刚的话都听了大半。介绍人有点尴尬，想解围临时却一句话也想不出来。倒是这头顶微秃的矮小男人，转头大方地对锦文点点头，一副对事不对人，理直气壮。

锦文拉开椅子坐下，露出她年轻时迷倒众生的微笑，她非常知道自己哪个角度好看。

"施先生人真风趣。"锦文还笑着眼神就锐利了，视线刻意从男人的头顶慢慢滑下他的脸，又慢慢往下扫视男人一身穿着，缓缓重回他的眼睛与男人对视。

她笑得更深了："施先生与我行不通哪，这原因，在我这边来说，倒与施先生的年纪一点关系都没有哪！"

她静静地看着男人与大姐，默默读着秒数，看着两人从没听懂到终于明白的表情变化。

在艺术圈久了，她就算什么都没学会，也一定学会了用品位的势利来打人耳光的本事，这招狠打那些渴望风雅的人特别残忍。

那男人结账后也不提要送她或大姐，径自取了他的双门跑车走了。

改良式唐装配上奔驰双门，啧，真有他的。

真有本事的，在圣诞夜吃相亲饭，模仿年轻人过圣诞夜。大姐是这样说的，这男人收藏艺术品，有点经济基础，幽默风趣，离婚，年纪刚好，五十五配你四十七，你又是搞艺术的，不愁没话聊。

老来有人做伴还是好的，大姐这么说。

大姐原是委托她买画的客户，时间久了也有了情谊。那天大姐滑手机让锦文看刚出生的金孙，红红皱皱的脸像只小老鼠，大姐说要买房子送给媳妇当作生产的犒赏。大姐松松的发髻向后挽起，露出长长的耳朵及耳垂上的翠绿耳坠。难得上了年纪的女人有钱又有福，年轻上演了几出后宫争夺中殿的戏码，此时却仍有慈柔。

这时候大姐润润唇，说起了相亲的事。

年末岁驰，天冷，她没反驳，男女之事，她知道不生期待也不要把希望往外推。

她人生绕路，走得弯弯曲曲，年轻时孤僻，有家的人却过得和没家的孤儿一样。中年之后性子变了，不知道什么时候开始，她从避之唯恐不及变得喜欢参加婚丧喜庆。她喜欢在这种场合看到大家族的场面，人来人往，就算纷杂争吵她都觉得是热热闹闹。开枝散叶，她喜欢这个词，仿佛畸零之心落地终成家园，庇荫成泽。

她一向只喜欢当代艺术、前卫观念，她喜欢创新的，洞见未来的，她从不喜欢别人用过的东西，喜欢自己将荒芜赋予意义使成创见的过程。

她不喜欢古董，觉得那是旧梦鬼影附在物质之上，她觉得买古董的人特别有玩物终将丧志的癖性，抱着因循权威当作品位教养的危险。但中年后她也买了几件老衣料玩玩，以前觉得这些老东西容易惹脏惹乱，如今她会有点幻想，那是旧朝爱憎的痕迹，附在锦织富丽之上。

物质与图像，都是人类的神话。

锦文没拒绝相亲的提议，当然她也知道，如今同谁相遇，建立的关系都只是与命运无可无不可的妥协。开枝散叶，她轻轻吸口气，就算真能与谁相伴，如今也没法金玉满堂，比较像是买个保险，减少老大伤悲的凄怆，只求欣赏敬重多过情爱，轻巧避开彼此的过去活着，这个时分的人生，谁都负担不起情爱了。

那时她还想，那男人倒是好玩，说不定有点趣味，学年轻人过节把相亲安排在圣诞晚餐。

说是收藏艺术品的，以她多年在艺术圈的经验，她原本预期见到一个西装男人，或者，低调休闲装束。发量少或灰白了，都不会让她意外，若是脸上手背斑点丛丛，若是小腹凸出也不意外。结果，竟然来了个穿着改良式唐装外套的丑角。当然那唐装是贵的，黑蓝外衣还见到里头是蓝绿色衬底，不是民俗乐者或命理道士那种粗布唐装。

她快速扫瞄男人的手表与腰带，确认一下，不妙。

男人嘴小唇厚，镜片后面是细小眼睛，说自己本业法律，近年来多投资房地产，他话多且快。

她瞄一眼心里便有底，看这身打扮就知道是艺术外行人喜欢搞风雅，家里收了不少赝品却不信邪的那类。但她是见过场面的女人，怎样的饭局都能和乐讨喜地交朋友。

那男人与大姐说起上周到海南岛打球，回来赶去南部看地。

还好他们吃的是昂贵的海鲜火锅，食材下锅，装碗分小菜，这些动作都可以掩盖锦文几次眉心微蹙。

但那男人说完每句话就习惯性补上：“你懂我意思吗你懂我意思吗？”仿佛自己思想跑得太前面，没人跟得上他似的。这点让她的洁癖发作，感到烦腻。

大姐提起男人买艺术品，锦文知道大姐是传球给她，便贴心地问起他收藏些什么。当代艺术吗？喜欢台湾艺术家还是大陆的，或国外的？以绘画为主吗？当初是不是从前辈华人画家买起？她看到他的唐装上衣，嫣然笑说，或者，施先生收古董，喜欢器物还是书画？

那男人谈兴大起，说他才不跟风，才不买那些东西，买那些东西肯定被画商古董商剥皮，他何必付钱让画商及背后那些联手炒作的老手占便宜。

“我自己看东西自己挑东西。像我这次去台南看地，在那边还看到几件便宜的木雕，这你就不懂了吧。那几件东西其实不贵，但我看着挺好，光那雕工肯定就花了不少功夫，我趁便宜买了，以后等价钱好就可以卖掉。我何必跟着别人炒作买在高点，你们这些搞艺术的，哎呀，你自己也知道你们搞艺术的就这样，知道我意思吗，你懂我意思懂我意思吧？

“我买了个碗，你就只会问我哪个朝代的。我说，你们这些搞艺术的根本不懂我的想法，光会挑毛病，那碗以后价就不同了。”他说话时小小厚唇嘟起，卡通人物似的，“你懂我意思吧。”

她注意到她的问题他其实什么也没答，只是自顾自地发表自己看法。若不是这男人无能，便是这人自以为是惯了。锦文快速估计，男人家中收的说不定是民艺品鸡血石，根本不是艺术品。

她了然这男人看东西竟然先看雕工，明明还在初学者付学费买教训的阶段，男人大概买不起瓷器，说不定还去买点生活陶。他不会想懂当代艺术，有钱打高尔夫喝红酒，吃好餐厅当优雅，花小钱买品位图着将来能赚些。

是夸大还是笨呢？其实也不知道哪个比较好。她眯起眼睛想，买艺术这件事，大家幻想将来得暴利，殊不知艺术这行当，便宜的其实最贵。

这男人若继续花钱日后便会知道这点。不过她连这也怀疑，他身上肯定有点钱，但怎么看都是赚真正有钱人佣金的那种顾问，不是真正的有钱人，她在他身上闻不到那种气味。

她拢拢头发，喝口汤回应，看来施先生喜欢近代的东西多些吧。

她听大姐问他南部老屋涨了多少，也想去投资。

锦文一意识到自己看不起这男人，反而亲切殷勤了起来，想掩盖什么似的。她在意场面礼貌，她喜欢优雅，给人好印象，她希望她讨厌的人说起她也只有好话。

但她听到他“你懂我意思懂我意思吧”又来了，便站起身，说去化妆室。

她对着镜子补妆，揉揉高跟马靴里的脚趾头，透口气。

她坐在马桶间，翻起长裙。她的腰围这两年突然增大，旧长裤突然全扣不上。她捏了捏腰间的脂肪，被松紧带勒出的痕迹发红发痒。她对身体一下子烦躁了起来，不知怎的想哭。

她突然想抽烟，把什么一口深深吸入胸膛的感觉。

一意识到脆弱烦躁，她又起身，手拨了拨新染的棕红色卷发，再补一次口红，抿抿嘴鼓起正气往外走。她提醒自己今天不过多交个朋友，这年纪没什么得失心了。

谁知道一回桌便听到男人那番话，她突然觉得自己心上没了包袱，爽快拉开椅子，一口气把她的伶俐与凌厉全发作了。

她与大姐匆匆告别，说要赶地铁。她知道原本大姐有点同情她，身为介绍人也尴尬，而她突来不留情面的话却让大家都下不了台。

不过今天晚上不适合再说话了，时间感觉都不对，不如改天。

头轻轻靠上车厢玻璃，往关渡回自己的家。上车她就松了，这才感觉到整个晚上好累。

车过了两站，她开始生气，继之心酸委屈。

原来，在外人眼里，她就相配这种男人。

在别人眼里，她是从正轨岔出的中年女人吗？她是这社会多数人眼中的另类吗？他们是不是不知道怎么形容她这种人，这种看起来条件漂亮却透露着古怪，没进入人生正道、没被纳入社会生活公约的人，因此和善地称之为充满艺术品位？在他们眼中，用艺术品位简单概括的人的集合，就让她与那种小丑差不多吗？

她连忙救起险些滑落的包包，放回大腿上，这时她又烦躁起自己逐渐走样的体形。到底人们会看不起她什么？是因为她不同还是因为她色衰？

她本来很自信地觉得自己的人生早从碎片中粘合起来，她出了名有了自己的样子。她本来也觉得，走到这步，一个女人连自弃的力气也没有，毕竟人生没有时间留给顾影自怜了。

她一路忍着，不肯动气，觉得气了就贬了自己。忍着忍着却鼻酸。她想都没想地忙乱从包包中拿出墨镜戴上，也不管晚间地铁车厢中戴着墨镜很奇怪，总比给人看到她掉下眼泪好。

你们搞艺术的。大姐这么说。

你们这些搞艺术的。那穿唐装的小丑这么说。

呸，她气的是她自己，这大半生，她觉得自己其实根本没踏进艺术的门过。

她委屈愤怒的真正原因是这个。

没有，从来就没有。

艺术是什么？不过是玩弄她到头来又抛弃了她的东西。

锦文一心觉得喜欢艺术又做艺术的人是皇帝命。对艺术没感觉的人，要他每天对着艺术品只会无聊枯燥，而对艺术有感觉的人，对形色配置比例准确感受到的兴奋，没有其他东西能够比拟。

她研究所毕业后，写的艺评没地方发表，不知怎的她也没办法像同学那样一起租工作室像浪人那样创作找地方办展览，就想办法投简历，进了艺术杂志当采访编辑。她每天的工作就是看艺术品，各国的艺术品，与艺术家交谈。在九〇年代开始的台湾，在钱淹脚目股市上万点的台湾，她拿少少的薪水，过她渴望的皇帝生活。

艺术是什么？是人试图跨越差异，渴望终至融合的尝试。是个体与他人，过去与未来，意识与无意识，是人与上天合而为一的无尽尝试。国族、性别、年纪、语言、背景、阶级，人一生总有那么几次，极度渴望突破这些残忍且难以突破的限制，消弭疆界，与他者融合。于是人类创造一个神话，一个共享的幻觉，在这幻觉中潜入广袤的海洋，人幻想自己是一个温柔的泡沫，是一体的一部分。

像在爱情之中。

陷入爱情时，人会生出强大的渴望与力量，想拆散这些与生俱来背负在身的歧异与枷锁，想要放手一搏，打破自己与爱人之间的差异。人在夜里辗转难眠，兴奋焦躁，觉得自己有能力改变全世界，又陷入深深的沮丧。他明白吗？要用什么方式更准确传达呢？那份亟欲沟通的饥渴，那份迫切想要展现自己每寸细微皱褶的激切，那种想要密合为一的欲望。

所有世上既存的形式，仿佛都无法适切表达爱情的心。

因为亟欲沟通的渴望，因为既存形式都无法准确传达内在的复杂悸动，爱情使人有能力打破既有旧习，创造出新的表达方式，重组新的物质组合，新潮因此而生。

差异似乎是好的，人类因而有了创造的力量，成就了艺术。

但沟通本身呢？

她疲惫地觉得，沟通永远不存在，是失效，是徒然的。

世界只是你自己的，出了己身就是他者，尽管我们几度身处爱情与艺术的共同幻象之中，以为自己穿越了时光与疆界，曾经以为彼此融合。

股市上万点，她和李翊骑着随时会熄火的摩托车，热天正午在城市中晃荡，一起去买材料。他每天骑着这辆二手野狼送她回家，她老觉得自己麻烦了他，虽是恋人但她老怕麻烦久了人会生厌。她贴着他的背，觉得就这辆破车他们也可以骑到天涯海角。

他一边骑车一边大声跟后座的她说话，夏日正午的日晒甚毒，但是她咧嘴大笑，哼着歌。

右转后他们被警察拦下来。

“红灯右转，”警察指指灯号，还是红灯，警察耸肩，“没什么好辩驳的吧！”

那时候他们俩好穷，她刚找到工作，他要当艺术家，他常常一个便当分两餐吃。全台湾都是股票养出来的有钱人，他们却穷到连一张罚单都会影响开销。她刚刚的笑还没褪，心却逐渐从外沿缩紧了起来。

然而李翊脚一跨，身体往左倾斜，三七步地对警察嘲弄起来：“正中午天这么热，你们还穿长袖卡其衫，汗滴成这样……”

两个警察一愣，其中一个顺手抹掉额头上的汗珠。

李翊抖起脚，手一摊：“你们尽职成这样子，要是不肯让你开单的话，我还算是人吗？”

两个警察扑哧要笑又硬生生吞回去，眼里露出汉子对汉子的激赏，开了罚单。

她在他身后看着这一切，笑了起来，刚刚紧缩的心又伸展开，她为自己的男人骄傲，尽管她知道，帅气是他的，罚单大概是她来付。

但他总是爱过她的吧，她想。

她有脆弱但远大的心，她会做番大事，他也会做番大事。这个岛屿想必会有大荣景与大正义，他们将在发光的未来中成就自己，贡献社会。

他们夜里站在打烊却亮着街灯的珠宝店外，他揉乱她的头发，告诉她，以后成名赚钱，他买店里的首饰送她。她说翡翠是老女人戴的，她要钻石与玫瑰金。街灯橙黄照着红砖道，她听到天使接吻时仿佛会发出古怪的声响。

她踮起脚尖又指着橱窗里的华丽银饰胸针。这个，这个，都买给我，我都要，她说。

没问题，李翊有不亢不卑的笑容。

他们手牵手走到下一家店，她指着橱窗内紫色皮革编织成的藤篮提包。我还要这个，她说。

好，也买这个，他说没问题。

旁边是体育器材店，她看着鲜红色骨干的复古型脚踏车。她说，这个，买给我顺便教我骑脚踏车。

他说好，手指这家店与下一家店，这个这个那个也都给你。

他们过马路后，她又看到一家店橱窗是模特儿穿米白色短洋装，又说要买。

这次李翊摇头说不买。

她问，为什么不买？

他说，这个太便宜了，不买。

她觉得他们不但可以一生一世，因为他们是做艺术的，人生还比别人多了颜色，姿态也比较挺拔。

未来背在背后，挂在眼前的是过去。

一步一步踏开，以为往前走，其实只是一次一次往过去的方向行。

我们从来不明白，憋口气，一步步往后退，便可以退进未来。

02— 视肉

夸父疲殂于北泽大荒，身肉化为桃林，供后生息渴。其首脱落翰海，双眼生变成鱼，体透见骸，牝牡二尾，相缠交媾。尽日相连，终成一体，渐静而沉于渊际，后鱼化成婴，渊河沴沴，日月轮转。

他想他是追日的夸父，汗竭枯涸，全世界只有他在奔跑，一夫当关，最终在龟裂残忍的土地上趴下。

他和他宝贝狗儿黑熊每天慢跑的路程，像追日。

黑熊过动，白天四处闯祸，又凶又咬家中其他狗儿，夜里黑熊狂吠悲鸣，永无宁日。他决定带黑熊出门消耗它的精力，甚至，他暗暗忖度，干脆把熊丢弃。

他骑摩托车，熊在车后侧边跟着跑，雀跃万分，日正当中，黑熊却完全没有不适。

慢慢跑，缓缓行，天涯有你，就算到不了尽头，也是美景。狗类的忠心痴傻真是难以想象。跑了两小时之后，黑熊逐渐露出疲态，速度减慢。

他明知道，却不肯减速，维持同样的速度骑车。黑熊一落后总又加紧脚步，想办法赶上。

但黑熊实在累了，索性赌气落后，坐在路上不肯动，吐出舌头气喘吁吁，胸膛起伏如鼓面上下。黑熊希望他停下摩托车，休息一下也好。他才不管黑熊，继续往前骑。他是这样想的，荒郊野外，若跟不上，父子缘分索性今天了断也好。

他终于丢掉了熊，什么都听不到了，这时他才偷偷回头看。黑熊的影子成为黑色小点落在尽头，他立刻加油门，加速往前离开，心想这次绝对彻底摆脱了它，这次是诀别。

说也神奇，黑熊到家里四年，与他的关系最黏最亲昵。只有他喂黑熊才吃，只有他抱黑熊才肯睡，他的妻子想亲近黑熊却总无功而返。黑熊还是幼犬时期，黑色毛皮油亮发光，黑色眼睛像有自己的灵魂。他最喜欢黑熊的脚掌，小小厚实，像漂亮的肉垫，发出一种好闻的气味。那厚实脚掌预言着黑熊很快就会长出巨大的体形，的确如此，黑熊后来长得比狼犬还要巨大结实，如森林之兽。

黑熊和他那么好，也许就是因为那么好，反而激起了他的恨意。他有时最想残忍对黑熊，他对其他犬只却没这种恶意。

这几天他无法作画，便整理庭院，打扫屋子。他在二楼搭建向外凸出的大型露台，可以眺望远方的云以及与云相连的海水。打扫过后他便站在露台抽烟。

他的画廊派人找他谈，想减半经纪合约中的月付金额。连着几次个展他的作品反应不好，收藏家质疑他气力渐失，作品没有神气。而他逐渐老了，后来的评论者对他的新作也兴趣缺缺。其实除了刚出道的一两年，他没真在意过人家怎么看他的作品；但他早就习惯中年之后逐渐建构起的日常安稳，画廊才暗示要砍半他的月付，收紧他头上的紧箍咒，他还没谈判就焦虑发作，安全感摇摇欲坠。

他没有办法再过年轻的日子了，不想做这城市暗夜飘荡的鬼魂。

早些年岁他将积累下来的脆弱愤怒疲累，呕吐般倾泻在画作，画商艺评策展人不管懂或不懂、识货不识货，都能感受到那气场之撼动人心，追着他跑。

他以为自己不甚在意，他是弃民，戴上艺术家的脸，真成了艺术家，还受到欢迎，里头却有个什么东西患得患失了。

他本以为自己不会的，他是野惯的人，怎么会在意这些四处兜售似是而非、掉书袋卖弄文字的蛋头。他愤怒反叛，怎么会看得起那些穿挂名牌的画商与贵妇。

他不讨厌笨蛋，但他讨厌假货。

现在他看看自己，他受影响了，至少他胆怯了，也哀伤了。

他这才恍然大悟，这些年来他买下房子，将所有气力用在整修家宅、改建工作室、栽种庭园，桃花芭蕉，还挖出一个浅浅的池塘，排水氧气渠道全部精算，这一切都出自逃避内在对创作逐渐升高的憎恶。

他厌恶自己逃避创作是一回事，但听到外人口中吐出贬抑的暗示，他一下子就恼怒，还有一份极其难堪的羞耻感，远比他感叹自己人生更为严肃的羞耻感。他像个习惯被追求者示爱的女人，突然间发现追求者也对别人甜言蜜语，或者突然发现，他原以为忠心耿耿的粉丝，其实只是惯性追星族，你只是她众多追星行程表上的一个小段。

而他们竟然还胆敢在背后评议，说他快完了，专家似的。

他这一两年也不太出门，因为每次去艺术圈的聚会他很快就会喝醉胡闹。人们开始觉得好玩，找他喝酒吃饭就抱着看他喝醉胡闹一边唱歌一边说胡话的场面。那些有钱人觉得有趣，喜欢认定那是艺术家的苦闷或作态，益发喜欢找他，观赏稀有动物似的，又仰慕又嘲弄。

他内在不稳，对自己的质疑益发严重，胡闹中带恨带酸的气息愈来愈重，后来还带着一点预见老去的欲泪绝望。他的喝醉就不可爱了，也不再是热闹场子的兴奋剂了，胡闹老变成闹事。

他益发悔恨，更加哀伤了。

他不出门好一阵子，闹事一阵子，躲起来一阵子，闹事一阵子。如今他到工作桌前，就算什么都画不出来，仅是发呆，这也才觉得自己一生没浪费。他有时候躲在工作室，天将亮的时候，看见迷茫夜雾散褪，转为清明日光，生怕刚刚酒后在画布上创造出来的那些图案，在他正午清醒后，很可能会大声嘲弄他。

那日头永远高挂在他前方，怎么跑都近在眼前，怎么跑都追不上，九个太阳轮番造孽，永不落山。他拼命加快脚步，奔向红日，想跃进火焰，燃烧殆尽，身骨销灼魂魄飞散，同归于尽。

他听到后面传出悲鸣，遥远的一声一声。他既虚荣又心酸，熊竟然追上来了。

恶霸黑熊追他追得如同败犬，惨叫拖着身体还追，死也不放他走。他听到了黑熊的哀鸣，更不愿减速等黑熊，还催油门往前冲。

声音不见了，他以为黑熊倒下去或放弃了，悄悄回头看，竟发现黑熊不知哪来的力气，已经追到了他车后。

前方的黄土道路因热浪侵袭蒸烟出幻觉。太阳变成两个，变成三个，又成四个。仿佛开天之初，他是地球上第一个弃者，也是第一个独裁者。他晒到皮肤刺痛，隆隆鸣声从他耳朵内部脑的中央持续放送，向外也向内，直捣中心。他发现汗是冷的，混着想哭的委屈，他对黑熊对世界的恨意与残忍，开始有些疲软。

拼命追着他跑的黑熊，开始哭了，他转头看黑熊。

黑熊的脚掌流血，路上点点延续的血渍，但是他不肯停车，他就是不想让爱他的追上他，他要丢弃黑熊。

黑熊的眼睛与他的眼睛对到了，眼睛里有质疑与天真，黑熊又哀哀哭了起来。

他还是不停车，黑熊开始跛脚，跛脚还是想追。

黑熊终于又落后，终于消失了。

奔跑了三个小时，他终于停下摩托车，在日头下点烟。他在公路上揉脸，整脸的风沙好像都渗进了他的皱纹，等下会揉进他的内脏。

他等待着黑熊。

天就要暗，流血的黑熊出现在他视线内，绝望执着地，一跛一跛地拖着脚步走向他。

浑身是伤的黑熊重新出现在路底的那一刹那，他觉得简直像天神，比他这个独夫还要巨大。他觉得黑熊了解他，黑熊的爱与忠诚与他的恨意，可以全熬煮成一锅水浇灌大地。

他对全身脏污破皮流血颤抖不已的黑熊说："你确定了吗，你真的要我吗？"

他又抽完一根烟，把巨大的黑熊笨拙抱上摩托车，让黑熊坐前座，孩子般，他们回家。

是时，天大旱，翰海枯，鱼婴露现。曝曜七日，鳞表身首四肢，干裂剥开，猝暴洒出眼珠状肉卵数万粒，流散一地，蠕蠕而动，光莹自炫。卵受日月交濡，肉渐滋长成形，状似人肝，色艳如血，肉中之眼，波光妩媚，收光影维生，此物古称"视肉"。

旱魃过，翰海复盈，视肉浮现水面，遂向四湄漂游。身一触岸，即通体生劲，精活灵动，无定态。自此视肉攸行于名山巨水之间，馋食华光色味，尤好窥看牝牡媾合。

他说，作艺术这行的，如同视肉，打一出生就喜形色，好淫邪，别人无感唾弃之事，我们却因此兴奋不已，通体发光；荡游于名山巨水，乞讨于幽险危难，偶在坠堕之崖，见宇宙光华，便能与山涧水气空灵于神之中。

初始，是你在祂之中；逐渐的，祂在你之中。

他喃喃说着，艺术这国度，正如他年轻混江湖开设的破烂小酒馆，每到暗夜就会涌现奇形怪状、无家可归的弃者，从四面八方而来，在这里汇集。

他挺起胸膛，双手像翅膀一样大大张开。这国度收容游魂鬼怪畸零之人，是他们永恒的家，天亮之前这里有无穷尽的日月交错，有不同于人间的时间量度，这里是永恒，是晒了太阳就要蒸发掉的永恒。

一日，有猎人巧获视肉，好奇而试食其肉，汁入喉舌，质美馨馥，叹谓为奇珍。惊异之余，见其肉脯之处，旋复生如初，更油然生怖。再看其眼漾漾灵怪，心憾此物神异，故勿敢再尝，乃携回献与巫。巫闻视肉鲜致绝伦，遂自独食，渐为厉味所蛊，镇日待肉复生，精神恍惚。愣愣观肉眼之媚，终至心惛意乱，悚然揪噬视肉尽净。

是夜，巫狂死于旷野，其身首四肢萎缩入髋部，皮厚成核，耻骨生根入地，脐部抽长势如人腰之树干数丈高，再生人臂九只，各握七色果一颗。果大如人首，呈茫光漾红，远观似巨眼，近看类人胚，甚为魅诡。此树盘之境村人视为妖境，无人敢近。

都说几家画廊老板开始指导艺术家创作，人们这样传着，新进的年轻摄影师这么问他。

繁星点点的夜空，大型木板横当餐桌，就着冷掉的秋刀鱼配白酒。他说，严格来说，画廊老板并没有指导画家该怎么创作。

年轻摄影师安了心，松了口气。

“他们只是，付了钱给你，定期到你画室，要看你这段时间画好的东西。我一件件拿出来，一件件摊开给他们看。他们看了一圈，伸出手指，点点点，说这个要买那个要买这件可以那件不买，这件给我，那件不行。他们没点的，就是他们不买的。

“我猜想人们传的是画廊老板用这种方式制造出压力，引导艺术家创作。但我也要说，创作者应该有力量对抗这种压力。追究起来，我在意的是究竟我有没有力量反抗这回事。”

他说，他们买了画，找艺评人找学者、策展人写文章，送到美术馆，或是卖给比他们更有钱几十倍的人，转手之后就可以买卖土地与股票，一轮进出之后就可以换车买房。追上这脚步的艺术家可以转型名流之士，孤魂野鬼终于能够现世安稳。

“我不觉得这件事情有那么罪恶，没有人应该永远鳏寡孤独。”

那时候锦文不能接受他这么说，她目光炯炯地盯着他，简直像在指责他背弃灵魂是罪恶。她年轻时觉得卖画的、写评论的、搞学术的，都是用金钱、知识在霸凌创作，她愤愤不平，她不能忍受艺术家被收服变成顺民。

她觉得自己和这些搞创作的鬼魂是一国的。

她幻想的电影是这样的：孤魂野鬼，或成群游荡，或漂离失所，晃荡于大街，他们最终会寻到艺术的国度。那个发着金亮之光的国度，平等而宽大，将他们这些畸零古怪孤寡之魂，收到这国度，在这里，大家都是平等的。

她相信灵魂没有高下，这和外面世界以金钱权势美色计量阶级的律法不同。他们这些被世界遗弃的游魂，会被艺术熊熊之火的温度照亮，会被雄大的臂膀围绕包裹，这里有平等、自由与尊严。

后有怀孕罪妇，村众将之弃于此所，任其生灭，妇遂倚树而居，食果维生。至足月，产下一子，此子吮乳三年始睁双眼，目光如蛇，女体男身，视母为肉，遂噬母而身遽长，其状精孪似魈，声极高远，巢居奇树十三年。后引火燃树，奔异地为巫，画图作术，危害人间。[1]

她真是个纯洁的小东西，一直觉得金钱、权力、知识相互喂

[1] 本章标楷体内文引用一九九六年艺术家林巨个展《视肉》导文。

哺，联手婊了艺术，她要挥舞旗帜反攻。好久以后，她领悟到，会不会其实是艺术家回头婊了金钱权力，还占了他们便宜——如果时间够长，历史够长久的话。像她这样的，不是创作者，不是供养者，当热情被消磨之后，就会被这个国度放逐。她这种两手空空闯进来的人，光靠飞蛾扑火的激情冲向幻象之光的女人，没有一世荣华，也不会万古流芳。

她这样的女人们才是孤魂野鬼，才是被弃者。

这里也一样，强欺弱，弱也欺弱。这里也有自己的生态链，有完整的阶级制度，和外面的世界好像也没有不同，她后来知道自己与艺术家并不是同一阵线的，这个生态中他们的位阶不同。她是服务者，身心贡献给创作者，使艺术发光发热，使艺术品万世流传，他们也贡献给收藏家，使他们花钱愉悦。

他很早就老，她很晚才长大。

他揉揉她的头："你心里住了头野兽，要记得放它出来遛遛，否则它会咬你的。"

03— 哀愁踩着长影子来

一九九九年大地震发生，李翊打了电话来。他们已经分开了很久，他们是全世界最幸运的那种缘分——分手的时候彼此都不爱对方。分手时若有一方还有爱，事情就太麻烦了，这点他们真是很幸运。

不管以前怎么爱，缘分真尽了，分开后既不会思念，也不会在街角偶遇，扎扎实实是死生不见。

至少锦文一直是这样想的。

那场大地震简直像末日，上下震动左右摇晃，停了又晃，晃了又转，屋里的吊灯打转，安逸之人突生惊惧，地表裂成开口，吼声向天。什么都可以毁于一旦，猝死之前只有错乱变形、被恐惧打击的脸，并不会有过往云烟跑马灯地穿越过眼前。

“你还好吧？”她认出是李翊的声音，有点惊讶，但她更惊讶自己竟觉得接他电话烦，烦了又有点内疚，毕竟他是大地震发生唯一打电话来关心的人。

只是，他已经不是发生这种天灾时她渴望听到的人。

李翊已经是外人了，因此锦文希望自己表现礼貌得体，她答：“你还好吗？地震真是吓死人了。”

他断然说：“我不好。”

“啊？”

“我真烦死了，什么事情都不顺，我明天要从北京先回台北一趟，瑞典和德国的展览下半年就要开始了，我的经纪人却完全不进入状况。哦，你应该还不知道我最近换了一个新的经纪人，她的国际关系与语言能力不错，但真的还是太嫩了，什么事情都处理不好，我快被烦死了。”锦文错愕，继之愤怒，这才弄清楚他打电话来并不是因为大地震，只是时间上的巧合。但是，他凭什么觉得可以在两人老死不相往来几年后，突然打一通电话就好像友谊长存似的和她抱怨。

旧时光来了，她想起他的习惯性抱怨，恼怒升起她压下去，心紧了起来。对外人动气并不优雅。

他不知道她心理，理所当然地滔滔不绝关于他对于艺术事业的忧烦，以及他对命运漂泊的无奈，一如多年以前。

“那个经纪人你听过吗？你应该不知道，这两年听说你已经不在艺术圈混了。”李翊说，“我叫她先帮我把展览合约作业弄清楚，要不然新作品的预算条件弄不清楚，我完全动不了。北京这边的工作室什么都需要花费，我觉得我做不下去了，一身的债，什么都动不了，卖掉的作品也收不到款。”

锦文突然弄清楚当时她觉得自己一点也不爱他了的原因。她觉得是为了自保，如果他们没有分开，她这一生都会成为艺术家的助理，一个男人抱怨忧烦的容器，她会因为他永不停歇的不满足，永远想要更好的表现更高的成就而心力交瘁。她见多了，艺术家这种人就算名利双收也觉得自己还值得更好的，再受肯定也觉得自己还是不够得志的怨恨。如果她和李翊真的永结同心，真的百年好合，真的天长地久，她便会泡在他的抱怨怨怼中，终至全身发皱。

她会失去自己，永远失去自己，并且，因为他人的失落而不是因为自己的失落变丑。

其实岁月没有改变什么嘛，她轻轻冷冷笑了起来，他还是在抱怨。当李翊是小角色时他每天烦忧自己没有表现的舞台，当他有了舞台他抱怨没有更大的舞台。

她想起他饱满的嘴唇，吐出来的都是抱怨的唾沫泡泡。

“北京上次联展卖掉了两件作品我现在还没收到款，快一年了还没有动，你知道那个联展吧，我叫经纪人去问，但她搞半天也是收不到。我想这地方我也待不下去了，干脆收掉这边的工作室，先去纽约住一阵子，我对艺术圈失望透了。”

他说了好一阵子终于意识到锦文沉默，是那种一点义气礼貌都不带的耐着性子，他于是又重复问了一次：“所以你还好吗？”

“嗯，我很好。”

“我其实在出租车上。”他又要情绪化地开始说他的事业了，这代表再听下去她又要与他的情绪接线了。

“嗯。”她急忙出了声，冷硬地。

“唉，”他听出来了，“你又何必对我这样，我又不是坏人。”

“嗯。”

她当然知道他不是坏人，但她没有义务要对每一个不是坏人的人良善。

她太了解他，暴躁不稳定的时候，他希望有善意的人倾听，谁都好；但他竟敢挑她来听，这么多年后他竟然还敢挑她来听。她有种遭到真正轻视的不悦，他如果敬重她，就会选择老死不相联络。

“所以，我一直在想，我这一步到底对还是不对，换一个城市换一个基地重新开始。我不想管华人艺术圈这些是是非非，想将行政事务都委托经纪人，可她真的很嫩，我觉得很冒险。”

她拿着手机站起身来，环顾地震之后公寓内的破碎凌乱，夹着手机，走进厨房检查，为了保险先把煤气总开关关掉，她回到客厅在书桌底下的杂乱中翻出软拖鞋穿上，再走回厨房，确认没有容器碎裂，只是锅盆瓶罐倒塌了。

她打开电视，切换到新闻频道，知道出了大事，天崩地裂。

“所以你那边还好吗？”他意识到她对他的痛苦根本没有回应，又问了一次。

“还好。”锦文顺手捡起落在地上的花色椅垫，“地震，刚刚有地震。”

他不语。

“我很好，你也要好好的。”锦文这次是真诚，甚至郑重了，“有空再聊。”

说完她把电话挂掉，她希望他知道最后一句是假话。

她反手把手机往沙发上一丢，急促绕过地上翻落的杂物走进浴室，生怕海啸般的余震再来一次。

她警戒地走来走去，回到沙发上坐了半晌，担心灾难未完，想要逃生又觉得干脆死守自己的小窝比较尊严。她也不敢贸然开始收拾打扫，如果等下必须逃命又何必打扫。

锦文盯着电视直到天亮，才在杂乱中下决心开始整理。

说也奇怪，刚刚这几个小时她紧盯电视就完全没想起李翊那通电话，这时突然哑然失笑。

生人了，他们真的是生人了。

不过那晚也没有谁打电话来关心。

他们的分开，她一句话也不说，一个原因也不解释。

不干别人的事，她多年后决定继续吃艺术这行饭，知道不解释的个性反而帮了她忙。不说话就不会有话可以传，她非常清楚语言运作多么虚伪，不就是那些学院出身的人喜欢卖弄的东西吗？什么诠释与再诠释，评论与创造性的再评论，现在甚至还有一批年轻评论者主张，艺术家的创作过程应该开放让艺评人介入共同创作。多么下流没有出息的东西，没有能力创造，却硬要介入那个获上帝青睐、有能力创造的人的创作过程。一群没才华的嫉妒者。

套用这些卖弄学术名词的坏东西的逻辑，只要自己闭嘴，她与李翊的事情就没有文本，就不会有诠释与评述。以这些坏东西的傲慢，一件事情不被评述过，就等于根本不曾存在过。

若不是李翊几次酒后多言，抱怨锦文是个给人莫大压力的女人，这件事情会被遗忘得更快，更符合锦文的美感倾向。

艺术家是被容许抱怨的人，因为抱怨久了反而合了人们浪漫幻想中为艺术受苦献身的神秘传奇。他们这些没创作才分的、为人作嫁的，要守得住口。

她不说也还因为，无论如何，他是她曾经珍重的人，她要珍重他才能珍重自己的过往。她离开是因为她不爱他，也因为想守住自己，从来就不是因为憎恶。怎么人就不懂呢，不说话不解释不联络，就是厚道。

刚离开校园李翊就抱定要当艺术家闯荡江湖的野心，她则是四处投稿，写艺评观察，一个字一块台币，穷到她连出外买便当都要算，算久了就有种消磨殆尽的受困软弱。

每天都在看艺术写艺术，她明明觉得这些艺术品及艺术家都是她的心灵伴侣，为什么现实中相处起来，却老觉得自己是局外之人。不论她如何想要献身，想要扑上那团从灵魂深处燃烧的美丽火焰，只要一靠近就莫名其妙地被弹开。

奇怪那火明明那样炽热，伸手去摸却是凉冷的。

李翊有种体温很高的存在感，她非常需要这种滚烫的高温。

出自对未来的焦虑、对艺术的迷惘与爱恨交错，还有持续的人生挫折感，锦文常常梦到自己全身脱光光，只穿一条廉价妓女穿的蝉翼淡绿透明蕾丝小内裤，站在台北闹区的办公大楼前，张皇失措，无处可去。她的阴毛卡在蕾丝交错的细小洞缝向外扎出。

那阵子她老是哭着醒过来。

李翊很习惯女朋友没有自信的耍赖撒娇，他能够体会，不只是因为疼爱女友的关系，他可能知道，他的不断抱怨与锦文的不断耍赖，都是因为没有自信，处在渴望被外界认同的极度焦虑中。

“我写这些艺术文章总是心虚，看什么艺术都没有把握，手上什么都没抓住，什么打算也没有。纵使有什么喜好，东看西看其实就零零碎碎不成个系统。一直写艺术这两个字，都像是利用艺术在自圆其说我对人生的不甘。”她惯常利用自弃来撒娇。

“没有天分也没有关系，不成功也没有关系，不一定要成功什么的呀，不会写也没关系。”他扬起浓眉，他的脸有一种蛮横与贵气混合的漂亮东西，嗓音隆隆且风发。她就是喜欢说话大声嗓音厚实的男人。

“跟着我就好了，天下我会去闯，你分享我的成功就好了。”

这种大男人式的担保，让她的心变轻盈，做梦的小蝴蝶又开始振翅，小小翅膀振得空气嗡嗡作响，绵绵粉粉。她原本就没想要担负什么开创艺术史新页的大责任，但她贪恋可以被笼罩在艺术的荣光之中。她有时觉得自己这种心态是占人便宜，沾男人的光，沾创造者的神圣之光。虽然她偶尔也会幻想，自己是站在时代更前面的那边，用那端的视角，用犀利而诗性的文字也在进行创造。

可是男人说她不用这么辛苦，他会担起来的。他让一切看起来理所当然。创造，超前再超前，人类共同的暧昧幻象，集体的救赎。依赖爱人，依赖创作者，创作者本来就是艺术体系的核心，其实依赖也理所当然。

她笑了，揉着哭红的眼睛："好，我也只想跟着你。"

锦文的焦虑并没有离开，几天以后她的嘴巴因为剧烈疼痛，怎样也张不开。

她像只生病的小型猫科动物，圆睁眼睛，泪水在里头打转，只能发出微弱的哼哼啊啊。

李翊捧起她的脸仔细又好奇地观察。

锦文透过眼泪的薄薄帘幕也看着他，他的脸好大，细细长长的眼睛，好长的睫毛，左右两道浓眉有一点不对称。他握着她的脸的手掌既白且厚，她知道他的脚掌也如此。

"试试看张开嘴。"他用点力捏她的下巴，像对一只动物。

她瞪眼，奋力要张嘴，但嘴唇才分开又痛得合了起来，眼泪又涌了出来。

"要命。"他咒了一声，他每次这样她都以为他在生她气，她老是捉摸不到他的情绪。

他突然揣起她的手，骑上他破旧的二手野狼摩托车，风似的把她送进诊所。

女牙医将某种铁钳状的器具硬卡进她的嘴巴，撬开她的两片嘴唇，往里头看。

“你压力很大吗?”牙医问。

锦文眼睛半闭起来，因为看诊灯光的关系，她摇摇头，突然有点酸楚。

“你的嘴巴内部破了二十三个洞，我刚刚快速算了一下，”牙医拿镜子给她看，她看见口腔内部凹凸不平满满的破洞溃烂，黏膜没有一处完整，伤口边缘泛白发炎，“破成这样，难怪你张不了嘴。”

牙医把照着她脸的灯关掉，把看诊椅调回锦文可以坐直的角度。

“吃消炎药，这是我唯一能为你做的，还有，想开点。”牙医说。

锦文觉得，李翊那样子霸道用力、不顾一切，带着怒意牵着她的手往前跑，好甜蜜。她的年轻艺术家守护着她。

她青春期时有次发烧，因为班上同学的人际压力及升学的紧张，她从学校回去就倒在床上，觉得煎熬，她也分不清楚是身的还是心的。

她在床上蜷着苦着觉得虚软，气愤一下子上了心。她从床上一股脑儿翻下，光脚走到厨房。她的母亲刚下班，夹着无线电话仍在讨论公事，右手正在检查从冷冻库拿出来解冻的肉。

她看着母亲讲完电话，说:“我想我感冒了，你带我去看医生。”

母亲转头回她："我正在忙，晚点吧。"

锦文赌气回房，躺回床上，滚着用棉被把身体卷成一圈。

她看着玫瑰刺绣图案的白色纱帘，傍晚的天光穿过刺绣缝隙，细细密密点点穿透。她小的时候不能出门玩，不知道为什么家里严格规定禁止锦文出门，不管是庆生会郊游还是话剧排练都不准去。锦文除了上学就不能走出父母的视线。难以管理，这是父母的说法。

锦文羡慕同学可以相约出门，便自己站在阳台上唱歌，幻想自己是囚禁在高塔上的公主，又幻想自己是开演唱会的巨星，愈唱愈投入，愈演愈起劲。

有次他们班级假日旅游，老师领着小学全班同学到市郊的小山野游，锦文父母照例否决了她想要参加的提议。她家就住在那进入小山步道口的必经之处。

她周日一早就醒来，看着太阳升起，慢慢爬高，算着班上的同学已经集合，已经整队出发。

她看着她的父亲舒缓展开周日的报纸，她的母亲则在整理书柜文件。

锦文想着，班上的队伍在中午前就会经过家里那栋楼的下面。

她坐在靠近阳台的小沙发不动，静静地。

她听到从远处传来的声音："徐锦文，徐锦文……"

然后是许多小孩子从下面远方传来的错杂吼叫："徐锦文，徐锦文，徐锦文，徐锦文……"

她立即跳起来往阳台跑，不能出门她至少可以站在阳台上对下面的队伍挥挥手，挥挥手叫喊呼应也好。

她才起步，父亲就从另一端低吼："不准去。"

她的母亲也走到客厅了。

锦文害怕得嗫嚅："我不是要出去，我只是去阳台，他们叫我……"

"不准去。"父亲瞪大了眼睛。

她的母亲靠在橱柜边得意地看着。

"可是他们在叫我。"

"不准。"她的母亲又说了一次，"你想要心机弄得你很可怜的样子吗？"

"坐回去。"父亲说。

锦文站着不动，忍住眼泪。

她听见"徐锦文，徐锦文"的声音逐渐走远，终于消失。

她又从棉被里翻身出来，跳下床，走到厨房："我感冒了，你要不要带我去看医生？"

她母亲从厨房绕过她走到餐厅摆盘："我在忙，就跟你说晚点。"

锦文又回房间躺下，低声哭泣起来。

哭着哭着她陷入假寐，醒过来后天色比刚刚暗了些。她听到餐厅传来杯盘摆放调整的声音，叮叮当当，烤箱拉开又关上。

她又起身拖着脚步，又赌气走到厨房门口。她的父亲已经回到家换好短袖棉衫，夹着金融杂志走进书房。

她又开口："我感冒了，你带我去看医生吧。"

她的母亲把手上的一把筷子用力扔进洗碗池，回头呵斥："那么喜欢看医生，你自己不会去！"

锦文恨恨地瞪着母亲，充满被拒的羞耻感，不过她也不是个带种的小孩，瞪了半天还是走回房间。

晚餐的时候，她的母亲把饭碗放在她面前："要吃就吃，不吃就算了。"

她老觉得这话带着施舍的贬抑。锦文从小就觉得，这份委屈自己是一辈子也说不清了，她与富裕体面的双亲之间的关系并不是人们可以理解的。有天要是可以不靠人吃饭，该有多好，到时候，欠母亲欠父亲的，终究是要算清楚还干净。

锦文的感冒似乎也不是真的感冒，夜里她不发冷，鼻子通了，身体里面那份倦，就永远留在那里头了。

她发烧了还是跑去找李翊，在他脏乱的床上缩着，闻着他带着霉味的棉被，疲惫又欢天喜地。她黏人，非常黏人。

李翊工作到一段落走到床边，低头皱眉："这么大的人，知道自己发烧，不会去医院拿个药看医生吗，就这样拖着？偏我现在在赶作品，怎么办？"

"只是感冒，病自己会好，多睡觉多喝水就会好。"锦文又撒娇，"你去工作，我在旁边睡觉就会好。"

"好啦好啦好个屁。"他拉她起床。

他一路飞车，把她押到挂号柜台，推她进诊室，看完诊又把整包药塞进她的包包。她一路头发烫痴痴地笑，简直得意忘形。

“我很丑。”锦文小声说，有种义无反顾的告白，也有点试探的忐忑。

李翊没接话，继续把画片塞入灯箱，左眉扬起，睨了一下她。

她也没再继续说，手指卷着发尾。

她为什么不动自己的脸呢？锦文在地铁车厢中问自己。过了四十岁之后，她花了更多金钱与时间做保养，其实大可以和她的朋友们一样，在脸上做点微调。就算不植入什么，也可以镭射紧肤或电波拉皮。做一次的效果抵得上她几年晨昏定省般的涂涂抹抹与按摩推拿。

她那样执着于美丽与外表，为什么几次盘算，却始终没去动她的脸呢？

人可以选择自己的脸自己的身体，那是真正的自由自主，不去遵从先天的遗传限制。那是多么伟大的意志与自觉，她始终这么想。

她还是没去动她的脸，她的眼睛，她的鼻子，她的法令纹，她的胸部。

她执拗地抗拒更动自己面容身体的诱惑，可能出自她某种迷信，相信真正的贵族真正的才华都是天生的。假造的、模仿的艺术品都不值钱。不造假的话，丑唯一的出路是要走在时代前面，另立一套论述，自成中心，出格成为有意义的结构。丑在此时就变成了有意义的美学，就可以回头收服这个落在身后的世界。

然而她的力气没这么大。

她无能撬动这世界的杠杆。

她其实还眷恋着有人眷恋她这张有缺陷的脸的可能。

耽美、对物质眷恋，物性与灵性的两种极端，在她身体里头居住但是处不好。两边打仗的时候，她痛快购物，简直想换掉一层皮似的购买，购物之后那份杀戮的狂喜，狂喜之后的出神，出神之后的恍惚，以及随之而来深深的沮丧与罪恶感，让她陷入自弃。

两边处得好的时候，仿如两只肥猫蜷拥入眠，占有欲与满足感极深，那变成她犀利而缠绵的品位，得以进出艺术世界，充分感受艺术的神秘，又能拆解结构、材质，想象力与救赎与市场规划绑在一起，这就是专业能力。

人们说不出来的，锦文有能力像用针挑一般地，将艺术的幻象解释得细致成理，她也可以精确地伤人而不见血。不过她本质上讨厌谈艺术，觉得多说无益，人们觉得她有时候天真热情有时她倨傲冷漠。

“我为什么喜欢你？”李翊吸口烟吐了口云朵出来，“你老这样问。我说因为你好看，你就会生气难过，因为你觉得那不是真正的你；我说因为你聪明，你又会生气难过，因为你觉得那不是真的你。

“基本上你就是弄了个陷阱要你男朋友跳，我要是真跳进去，你就打算拿刀砍我。”

他比她想的聪明复杂，“你别再干这种事了！”

她想顶嘴，又回不出话，挂着欲言又止又不服输的表情。

男人索性拉了张椅子滑到她面前。

“同样的问题换我问你吧，你喜欢我什么？”他似笑非笑，“如果我长得丑，如果我当艺术家可是一点才华也没有，你会喜欢我吗？如果不会，就代表你现在对我的爱是基于条件而不纯粹吗？”

他的脸庞出现一种异于平常嬉笑怒骂的冷静严厉，他长长的睫毛柔柔稳稳地盖着散出奇特光芒的眼睛，他的表情像是正在和异生物耐性地对话。

“你喜欢我什么和你图我什么，这是两回事。也许底层的补偿作用很类似，但基本上这是两个层次的问题。”她发现吊儿郎当的李翊比她以为的深刻严肃，甚至，有种令人尊敬的锐利。“我喜欢你，我想我是爱你的，再过一段时间我可能还想娶你，可是我不是你妈。”

锦文牙咬得紧紧的，唾液像墨汁在嘴里沾黏。

她呆滞地抬头，青白灯光透着屋里冬日的湿冷空气，锦文觉得眼前出现黑白几何斜纹，她听到自己鼻子发出细细丝条状的吸吐声。

“话说回来，你还蛮丑的。”他滑着椅子滑到他的工作桌，又滑回床边锦文面前，盯着她的眼睛。

她不能置信地望着她的爱人，嘴唇因惊讶而微张。

“丑吱吱呀你。”他熄了烟，站起身。

她吓傻了，全身发软，看着他，动不了。

“丑吱吱呀你丑吱吱。”他边走向她边重复念着，两只大而白的手掌包覆住她的脑门，热气顿时从天顶灌入她的头，他搓揉起她的头发她的脑，“丑吱吱呀丑吱吱呀丑吱吱。”他低低沉沉地不断重复，简直像是唱童谣哄睡似的。他的大手益发使力搓揉，把她的头发搓得乱七八糟。她不明就里，张皇挣扎着抬头看他，却发现他满脸笑意，宠小孩似的继续搓她揉她的头，嘴没停，“丑吱吱呀丑吱吱。”

她明白他的心了，感动得想哭，他笑出了声音。

“丑吱吱呀丑吱吱，”他一只手继续搓她的头，另一只手点她的额头，“丑吱吱呀丑吱吱……”

她稀里呼噜又咯咯笑，泪水滑下脸颊。

“丑吱吱丑吱吱丑吱吱。”他两只大手同时钻木取火般地搓揉她的脸。

她哼的一声，迅速用头顶他的腹部，使劲地扭头顶着钻他的肚子，转来转去。

他顺势把手掌滑向她的后背，轻轻地扶着搂着她。

她顶着他的腹部，两手环住他的腰。

他总是搬家。如果年轻时候的她懂一点心理学什么的，很容易就明白这意味着什么。

她陪着他搬家，看他熟练利落地把所有东西装成两大箱，分两次载到新住所，再回头轻松收拾落下的细软小物，轻松就搞定。每迁进一个新住所，李翊只将他带来的少数几件旧家具与床垫定位，就等于做好了空间规划。他换上新灯管，有种生活程序重新设定开机的兴奋。

她帮着他扭抹布，擦擦弄弄，全身出了层薄汗。不管搬几次家，她都幻想现在是预习，为未来的美丽的家预习，青春一定艳美如画报。

灿美的片刻，假性而永恒的画面。预演的幸福如同锦绣，细看那绣工，就可以看到绣线与布面交接之处，因为拉太紧，出现细小网洞。

她还没弄清楚他住处的交通路线前，他又要搬家。

他搬家不到两个月就开始抱怨“这里不好，该搬走”，她却还在适应新的垃圾处理方式，热水器的温度，想尽快把飘在空中的棉絮落定泥地。他却一发现些许不适，对限制有一点不满就开始不耐烦，并且早就下定决心要走人。

他不只是说说，一抱怨就火速找房，寻找下一个迁徙与落脚之处。

锦文渴望固着黏贴的强烈心理受挫，对未来的柔软期待逐渐变得僵硬，对李翊频繁的搬迁变化开始建立起自我保护，她要自己体认到每次新的居留都不是安定，且都不可当作未来的预演，只是暂时性的栖身。未来，要放在更远的未来。每次李翊搬家，她都否认自己胃部产生的紧缩不安，否认自己朝向无望之处多张望了几眼。她也开始明白，那是李翊，那就是他的命，她要跟着他就要跟随这样的模式，要不惧怕变化，甚至主动往变动处去。

她感到自己的无能与恐惧，害怕命运来找她麻烦。李翊虽然总在飘游，但他是强的；她总想固着不动，却是弱的。李翊改变自己的环境，或者，总在寻找适合自己的环境；她总是改变自己去适应环境。

他搬到山上停车场附近的屋子，打电话给她，说搬好了，就绪了，可以去看了。

她后来也不陪他找房子，反正他搬家找房子的速度之快，不太需要她的担心参与。她到他新住处，他因熬了夜仍在睡。她在屋内巡视晃动，发现白色地砖上散着他的黑色发丝，粗黑浓直。她从厨房拿了扫把簸箕，把他的头发与少少的灰尘拨进去，倒进垃圾袋。她想烧水，不过搞不太懂厨房设备，扭开水龙头却没半滴水，便弯腰研究水龙头与滤水器的连接，她又扭了扭，还是没水，便作罢回头，生怕惹祸。她又去开冰箱，空空的冷藏室有一罐台啤，冷冻库也是空的。她走回原处再试试那水龙头与滤水器，还是没水。她踅至浴室，关上门，脱下裤子坐在冰凉的马桶上，死白色小小石块状瓷砖作底，地上有一只红色带花的塑胶脸盆，青色水瓢和圈成一圈圈的粗壮黄色水管。她坐了好一阵子，没有便意也没有尿意，只好起身穿好裤子。她站在空无一物的客厅中央，分不清楚自己是无聊还是无力。山上温度低，冷空气从四面八方的窗缝门缝灌进屋内，但是她一点也不想进卧室，不想钻进床内借用李翊的体温。

她忍不住开了卧室门，床垫铺在地上，上头铺了层绿色军毯，李翊睡在上头，身上盖的棉被是花团锦簇的图案，被他夹在两腿中间。奇怪他的毛发旺盛，腿上倒是光滑无毛的。

她怔怔忡忡，心里什么地方小声说这不是她想要的，然而她又觉得他是她仅有的一切了。

她蹲在地上检视李翊的脸，睫毛覆在浮肿的脸上。她顺势坐在床垫旁冰凉的地上，感到与这个男人相依为命的酸楚，还有，她与未来的未来，未来的未来的未来，终须一别的哀愁。

不是努力向前就会走进繁华织锦之处，她愈发认清他的反复不定，对他的欲望就愈低。她比自己想的现实庸俗，她的欲望只能在温暖富裕之处膨胀，但是她不能走，怜惜与义气，李翊起码是她的亲人。

她不想叫醒他，不希望他的休息受干扰，其实也因为他要是真的醒了，她恐惧他一旦醒来，又会开始传送他日益加重的焦虑、暴躁与抱怨。李翊比起同辈的人如今已经是受到瞩目的了，但她明白他，有了点成就，还要更高的成就；有了好作品，还要更好的作品，甚至完美的作品；有了好评，还要赞叹。

别人对他一点点的质疑都可能放大为是恶意。

那份躁动，永远在他身体内乱窜，永不厌足，永无止境，夜以继日。

她起身将卧室的窗户开了小缝，从缝隙中看到停车场边生着一株歪斜矮瘦的樱花树，瘦归瘦，那树上开的几点红倒是颇有韵致神采。冷雾清影中，色色粉粉，纵有末日之哀，也是几点清艳高华。

“冷。”他醒了，在床上伸直身体，像巨大的老虎翻身坐起。蓬乱头发中他嘟起的嘴唇有种小孩赌气的痴憨。

“抓抓，帮我抓背。”他喃喃撒娇又倒回床垫。

她笑着过去，他翻身趴着，撩起上衣。她仔细地抓他背，从肩头上小块小块地抓着，逐渐往下，小块小块地，确保每个地方都照顾到，一直抓至他的下腰。抓完一轮，他蹬脚耍赖“再抓一次”，她便又回到肩头再抓一次，不过这次比较用力，每次抓的面积比较大。后来她索性大力地在他背上狂抓，像猫抓猫抓板似的，他的背后被她抓得满满一条一条通红指痕。

“我想泡咖啡，可我不会用水。”她一边抓一边说。

抓完了他起身，一脚拖着鞋一脚光着，灰色体育裤滑至股间，走到厨房泡咖啡。

喝第二杯咖啡的时候，他稍微回神，说：“虽然才进来几天，但我觉得这地方不好，还是得另外看看其他地方。”

有天晚上李翊梦到一个女人出现在这个房间里，那女人说自己是以前的房客，还告诉他，以前她住的时候，将床放在靠窗的位置。她告诉他自己死在这房里，但她说，他不需要担心或害怕。

“你什么时候梦到的？”

“上礼拜。”

“之后呢？”

“没有。”

“是这个原因又要搬吗？”

“不是。”他说，这地方他住进来以后就不想住，无法工作，待不下去。

李翊和锦文结伴去一位共同的女性友人家吃饭做客，小两口在别人家里，竟然也能说着说着就怄起气来。她那朋友离了婚，一人住在东区闹街的旧公寓，改装得颇有品位，把家里的隔间全打掉，挑高屋顶处开了个天窗。

她想不起来他到底说了什么惹恼她，或者是她触怒了他，她只觉得他自尊高自信弱，情绪暴力让她难以招架，她只好还以颜色，试图更加暴力。后来他们不用说话，用眼神，用无视，用表情，用放杯子制造的声响等就能惹恼对方。

她还有一种委屈与不耐，知道在这样的组合里结构上的根本问题：她自己不能真正在艺术上有所成就，她选择的位置根本上就无从满足内在那份创造的欲望，她必须等待他的成功并且顺从这份成功。他的成功有时近在眼前，有时则像永远不会来，端看他当时的自我感觉，他的杀气腾腾，他的幽默另类。

他已经是明日之星了，照理说她的感受应该比他们初识的时候安稳，因为他已经跨出很大的一步了。但他比以前不耐烦与暴躁，她其实不愿正视那个自己早已知道的答案。

她自己不发光，她必须借他身上的光来照亮自己。

这是艺术世界的结构，所有的生态组织都是围绕着艺术的生产核心——艺术家而产生的。对这个世界来说，金钱与权力的主宰，也常常要看创造者的脸色。

因为创造者，因为艺术家身上的神秘才华，是上天选定赋予的，只有少数人拥有。人们仰慕、敬佩并且因为才华的稀少性而崇拜甚至恐惧起就在眼前的创造者。

千百年之后，只有艺术家会留下来，艺评人、策展人、收藏家、画廊老板、美术馆馆长，全都会消失，长久看来他们不过是在艺术圈内讨生活的人。人们惯常疼惜怜悯艺术创作者被金钱与权力摆弄欺凌，艺术家也常因金钱与权力而谄媚低头，但时间放久了，真的要够久，到底谁婊了谁？千百年后谁都不在，弄权的弄钱的咬文嚼字的都会死，只有创造者存在。

而她不在那个位子上。

这点让她发抖难安，她底层那份创造性的强烈渴望是不是一直都在，只是她害怕创造的焦虑，急急去占据一个错的位子？她是不是底子里头深深嫉妒着那些占有创造者角色的人？千百个比她平庸的人都自称是创造者是艺术家，而她活该要为人作嫁帮衬，看着他人发光连带觉得自己的性灵也因此提升？

锦文说不出口也不肯承认的难堪与痛苦，跟爱情什么的一点关系也没有。是那种在生态链中位居弱者，自觉位阶低一层的愤愤。但她爱他，她为自己的情绪深怀罪恶感，爱一个人怎么可以如此计较。

他们在人家家里斗气，女主人笑起来，泡茶送甜点放音乐，想当这对漂亮年轻人的和事佬。李翊突然放下茶杯站起身，那架势让锦文肩膀立即耸起，猜测他是不是要发作。不过他轻笑了说："我出去抽根烟。"

两个女人看他走出去，女主人开始谈她研究台湾当代艺术家的作品开发衍生性商品的可能，现在的商品都粗糙土气，不是劣质的丝巾就是根本没人会买的马克杯，找不到好设计师，也不敢量产，成本高又没卖相。

锦文抓起桌上的核桃猛嚼。

他抽完烟进门，神奇地，原先僵臭的脸色突然变得轻快和善，仿佛之前的怄气根本没发生过。

等到女主人的话告一段落，他径自说他和锦文要先离开，谢谢主人的亲切招待，"我们说好要去赶场电影。"

她猜他还是顾及她的颜面，终于学会些许世故圆滑，但她也预期等下两人独处时他的脾气会发作，也许破口大骂，也许冷战丢下她，自己去找朋友喝酒。

她堆出满脸笑意地与女主人道别，随他下楼，打开门，走到巷子中央。

“怎么了？你真的要看电影？”她没好气地问。

他没说话，转头看她，很男人很英俊的，满脸是温柔爱意，她不知所措。

“嘘，等下再说，你先别说话。”他牵起她的手，慢慢走，转弯走出了小巷，又转至大街，几乎像是热恋一般，终于走到商家灯火通明的热闹尘世。

他指着旁边卖关东煮的摊子，说刚刚没吃饱。

他的吃相爽利干脆，清清爽爽，若看吃相，会以为他出身富贵。

吃掉黑轮后他又伸手握住她的手：“不要吵架，我们以后都好好的，不要吵架了。”

她不明所以，但被融化得软软地抬头看他。

“刚刚我上顶楼去抽烟，我本来很气，想抽完烟就走人不管你了。我在她家顶楼看台北市的夜景，暗黑宽阔的顶楼，台北四处都是缤纷七彩的灯与烟。抽到第二根烟时，我听到旁边有声冷笑，我全身冻住了，但我以为是我听错了，于是撑住继续抽烟。那个男人的冷笑声又传来，这次他说了话：‘吵架了呀！’”

从脚底发出的冷意一路冲上了脑门，他没应答那个冷笑的男人声音，为了稳住某种镇定气势，他硬是把手上的那根万宝路抽完，按平常的节奏，弹了弹烟灰，并顺手一丢让烟蒂坠入万丈红尘。他双手插入牛仔裤口袋，勉力要帅吊儿郎当地下楼，仿佛什么也没发生，也不曾被谁注视调侃。

他下楼进了她朋友的屋子，见到两个女人吃牛肉干喝茶说话，黄色温暖的水晶灯，以及开得小小声流水般的周日晚间电视综艺节目，搞笑艺人在那个被限缩的荧光幕小方格内耍宝胡闹，还有锅炉上摆着刚刚吃剩的食物。这时他才突然腿软，突然生出自己刚从死亡面前回到人间的虚脱，几乎是感激似的看着女友怄气狐疑的脸。

因此他没抛下她走，坐了下来，把自己埋入客厅的那张单人皮沙发。

她喝关东煮的热汤，眨着眼睛，伸手摸他的头。

他的头很大，大到头围超出市面贩售的安全帽规格，常常为了买安全帽问过一家又一家店，最后拜托店员将最大尺寸的安全帽从里头撑大。

“反正你是做大事的人，将来会开车。”她对他点点头。

如果连鬼神都帮忙的话，他们的缘分应该还很深，还足够一起走好一阵子。

他们初恋爱时，李翊默默无闻，住在一处破旧农舍改建的房子。进那房子必须经过弯弯曲曲的泥石山路，小到连车子都开不进去。他的房间就兼工作室，杂乱肮脏，房里一张上下铺双层床，他睡上铺，算是勉强将睡的地方与地板上的肮脏区隔开来。

她从出生以来根本没见过这样的房间，大感惊奇，凌乱污秽，电线、布料、塑胶、画册、灯箱、调色盘、变压器，还有吃了一半的便当，全堆在地上。

而他竟然把烟灰弹在地上。

她惊愕万分："你不用烟灰缸？"

他耸耸肩，扬起浓黑的眉毛："反正没差别。"

他有时候身上连一百块也没有，去建筑工地打工。她必须换两班公交车，壮着胆子爬坡又再下坡走进小小山路，才能到他那边。

他傍晚回来时看见她缩在他的上铺床上瞌睡，便先去冲了澡。换上干净上衣后，他把她摇醒："我们出去走走。"

她摇头："林子里一定有很多蚊子。"

他说不会，要她相信他，催促她上摩托车。

滑翔般地，他们徐缓地在林间穿梭，滑进树丛间，又从草间跃至别墅前的草坪，从草坪拐进野路，行经杂货铺与牛肉面店，彳亍花丛艳彩之中。弦乐旋律般地，弧形飞行，傍晚连接黑夜之际，湿气与彩虹之间，壮美地被整个宇宙温柔地托住。

"有没有被蚊子咬？"

"没有呢！"她兴高采烈。

"就说不要担心吧。"他说，蚊子觅食叮人有固定两个时段，一是清晨，一是黑夜降临之初，"不过我们该回去了，它们这会儿要出动了。”

他端着泡面进屋时，见到她正在抽他的烟，她模仿他，将烟灰酷酷地弹在地上。

“你把烟灰弹在地上？”他低低厚厚地问。

“嗯，”她撒娇，拿着烟像新买的玩具，“你不也这样？”

他轻笑了声，把矮凳上堆积的书刊搬开，叠到另一堆书上。

他吃了两口泡面：“我本来是不想说的，我以前的女朋友，虽然瘦巴巴的但能干利落，来我这边一进屋就整理打扫，没两下就有个样子，拼命想当贤内助。你喜欢卧着躺着，现在可好，往地上弹烟灰。”

锦文惘然而甜蜜地傻笑，多年后她愿意承认她自欺的倾向有多么严重时，也露出了同样惘然而甜蜜的笑，简直诗意。

她不知道该怎么形容那种感觉，她喜欢认为他们是相爱的，要不然她自我构成的某种东西会看不起她自己，会觉得自己是真正的势利。她心里的小小声音敲击她，李翊一定是个醒目的艺术家，但他不可能成为真正好的艺术家，因为他虽有才华，内在却缺乏一份哀伤平静的东西，那个缺乏，会让他在走红之后，创造出来的无法深刻下去，也会让他在未来面对世界的荒诞怪异，没有地方可以撤守。

当然，她也问了自己，如果李翊具备了那份特质，如果在她的评估中他能成为伟大的艺术家，她会不会就留在他身边呢——

为了融进那个伟大的艺术图案之中，为了参与创造永恒的过程，她会不会就改变心意承担妻子该做的，一个人承担两人份的焦虑，只为了抓住艺术与爱情看起来那样相似的光芒闪烁。

她也一度觉得，自己应该能够承担，反正这世上不是只有艺术家的妻子才承担这些事，男人的妻子都承担这些。

但她更多的时候不能自主地哀愁：将身心与才能奉献给一个人，一个比自己虚弱狂妄的人，固然令人痛苦，若是奉献给杰出强大的人，那份不甘就会好过一些吗？这样的算计让她有种背叛的罪恶感，她是那么渴望将自己奉献给光，奉献给上面的什么，想成为永垂不朽的一部分，但她却常常胃部抽痛地计较，那是他人的永垂不朽，不是她的。

04— 鸟

地铁过了好几站，她仍在失魂中。

尽管岁月爬上脸，她的眼睛却一直没有变，总是泛着水似的，雾雾蒙蒙的，像做一场永恒的梦，又像老是处在刚哭完的迷离中。

台海危机爆发，房价直落。锦文那时候不知哪来的勇气，突然把身上仅有的少少存款去付了房子头期款，买下木栅的老公寓。撑了几年，老公寓转手赚了点钱，她又心一狠在SARS的时候买屋，照样是趁低价买了在关渡面海的全新公寓。朋友说她有胆识，低价投资得准，她只是觉得自己无处可去，赌气似的下注，那成了她的壁垒。

她将公寓面海景观最好那面，要设计师弄了间浴室。设计师再三和她确认，她就是任性地坚持。后来她夜半常待在浴缸里泡着，向外看海发傻，一待一个多小时，泡到水冷皮肤起皱。

没有星辰的蓝夜，偶有云雾，月生沧海。天将亮的时候，她见到数目惊人的成群候鸟快速飞掠而过，展现壮大神秘的生命力量，妖异动能的弧形阴影落在海面上，它们集体挥动翅膀，壮美地向世界尽头飞去。

她想，自己此生说不定无法像老鹰那样在高处盘旋，起码可以像麻雀那样，虽说飞不高，但想走就走，想跳就跳，自尊自由。

她记得刚进高中时，物理老师第一堂课自我介绍后，劈头指着台下他们全班学生说："神经病就是你们这种人来的！"

"这世上真正聪明的人，知道自己很聪明，要做什么都做得到，人生好办。笨的人，知道自己笨，就安分做他们能做的事，人生也好办。"那个肥胖高大戴着银边眼镜的男人，细小眼睛发射出锐利冷漠的眼神，"这世界的乱子就出在你们这种人身上：中等资质，偏老想往上爬，从一出生就饥渴，以为自己可以达成什么，结果只是一辈子永远想望自己得不到的，爬不上自己以为该上去的位子。贪得无厌，被功成名就的念头搞得自己面目全非。我看多了，上面的、下面的，人生都容易，偏就是你们这种中间的将来会发病。"

锦文记得一个晴丽金黄的夏日午后，同样在地铁车厢上，一对十岁左右的小姐弟在没有大人陪伴下搭车，并排坐在她正对面。那对小姐弟白皙自在，感情极好地老相视而笑。锦文迷上了小弟弟，赞叹地看着那样小的男孩怎么会在天真中还有种稳重大器的模样。

大脸，洁白，长而阔的单眼皮眼睛，紧闭的湿润红色嘴唇，小小的牙齿随着他的笑闪着光。小男孩黄褐色的柔软头发直顺覆着头颅，长长刘海盖到眉上，皮肤绷得晶亮晶亮。

小姐姐摸了小弟弟的脸颊，不知道说了什么大笑，小弟弟听了姐姐的话也嘻嘻咧嘴。他的眼睛笑眯脸也笑皱，嘴唇向左右伸展开来，还耸了耸肩。他穿着深蓝棉衫米色短裤，短袜与运动鞋。

锦文看得痴傻入迷了，那孩子，是她多年以来幻想中理想孩子的模样啊！

全世界的晴朗都在他身上。

她可以预见，美好的教养，富裕的气质，小男孩长着长着将来会长成俊朗宽阔的少年，有足够的聪明自信及慈悲仁厚，足够他看全世界。

锦文的眼睛更水更深了，忘情地看着小弟弟，眼看他们到站，小姐姐成熟地牵起小弟弟的手出了车厢。

她顿时觉得失落疲惫，觉得夏阳将她晒得好旧好皱。

青春与血液都在脚底，她不自主地搓自己的脸，五官扭曲。

她以为鸟类振翅发动的强悍力量，都是为了往前飞，往高攀爬。

她见过飞不高的麻雀，单独在大马路上走走跳跳，飞一下停一下，因为飞太低，红灯突然转绿灯，麻雀被快速驶过的黄色出租车撞飞，她听见砰一声麻雀落地，鸟身歪斜。

锦文壮起胆子，颤抖着将它捧到都市人行分隔岛上的草地，知道它反正就要死了，但是她不忍让它死前又被下一辆车子碾过。

在她住过的木栅山坡社区，她有次见到成群麻雀成队形疾飞。因为低空飞翔，集体振翅的声音与力量让周围的空气猛烈震动。锦文不由自主停下脚步，惊异地呆看眼前的力量与震波。

很快地她的惊喜感动转为惊恐。

那成群低飞的麻雀，正在攻击队中的某一只，要赶它走似的。

先是其中几只狂啄着它，它受伤落后高度降低，然而它奋力急速拍动短小的翅膀，还要飞起跟上加入群体。整群鸟于是回头包围住它，猛烈啄击，一群乌黑包围住它，发出凶残吼叫。

那只鸟坠地，群鸟正要离开。坠地的鸟未死，还试图鼓动重伤的身体羽翅。没想到正要离开的鸟群回行往下冲，集体暴烈疯狂地啄杀撕裂地上那只残破的鸟，再啄再攻再杀，直到它死透。

再也无能竖起一根羽毛，再也无法活命。

锦文惊惧的眼泪与喊叫声卡在器官里头出不来，本能地颤抖着向后退，她并且感到深刻的恐慌，因为感受到群鸟杀戮的凶性未褪，仿佛鸟群就要转向包围距离太过靠近、入侵它们安全范围、目睹这场恐怖凶杀的锦文，狠狠啄死这个外来的目击者。

鸟群改变心意似的疾风飞走决定赶路，空气又一阵猛烈震动。它们集体走了，留下那被同类啄成碎烂的血肉。

锦文嘴巴微张，瞳孔放大，僵直地无法动弹，颈部与喉头的肌肉紧缩发硬。

好久以后，她终于从身体内部发出声音，疯狂地尖叫起来。

她刚创业的时候，患得患失，焦虑症断续发作时，就会出现那天目击那场同类集体残杀弱者时，颈部与喉咙僵硬、全身无法动弹的症状。

05— 守着火

为什么艺术只对人有意义，对猫狗没有？

答案是人类需要幻象，人类对幻象上瘾，猫狗不需要幻象也能活。

对幻象的执着是我们从远古时代人类祖先所保存下来的习惯。部落的日子，我们的祖先懒惰，采集了当天足够的食物便不想劳动，因为远古人类的觅食与采集，若一次搜罗超过了可以吃食与保存的范围，就成为多余与浪费。那时候的人们不爱生产，不爱囤积，不爱消费，他们爱的是火。

他们愿意花一整天时间上山下山砍柴，为了生一盆火。

一天的活儿干完，他们焦急赶回部落，等待天黑。渴望的夜幕一降临，他们又可以痴恋地望着那火。大家对着火吃饭，吃完饭后又一起凝望着火，不知道为什么，只有在面对那火光闪动时，人们才比较容易记得他人说的话。

闪动的火光刺激着族员的视网膜，人类的本能其实如鹰如猫如虎，对移动的影像特别敏锐，整个部族的人将所有注意力集中在晃动的影像上。

部落的每一个人，每晚就这般迷醉地落入集体的幻象之中。

暗夜火影晃啊晃的，所有人的情绪全押在那火上。在巫女的引领下，以及一点点麻药的帮助下，部落整晚痴迷地望着火。

清醒的时候他们在岩壁陶器上刻画波纹锯齿图案，试图重现晚间见到的动态幻象，这是造型艺术的起源。

不是现实事物的抽象化，是幻象，是人类将自己创造的错视加以重现。

永远不可让部落之火熄灭，通常镇日看守照护那火的，是巫女，是他们的领袖。

守火者是部族里最有地位的人，也是权力分配者。守火的姥姥不需外出打猎或采集，只是整天守着火，确保火种不灭，得以生生不息。落日之后，人们是如此焦急地坐地环火，等待姥姥出现，等待姥姥引导他们进入集体的幻视。

那像是姥姥施与的某种催眠，集体幻象出现，幻象汇集成主流，主流即天，天是祖先的住所，是人们仰望之处。

因此，人类没法解决的问题，那些困惑、病痛、恐惧及未来生存之担忧，全依此解决。人们渴望一次又一次出神，进入那幻觉，让上天为你疗忧解惑——是不是迁徙？是不是出征？是不是猛兽？是不是鬼魅？是不是犯错？是不是无可挽救的灾难？

而这场幻觉能持续多久呢？

髋部胸口的溃烂，在迷幻状态获得安抚的痛苦，清醒时又犯了，这该怎么办？

人们发展出祭祀仪式，规律地建立自己与上天沟通的频道与频率。人们甚而使用牺牲祭品，残害自己的血脉给上天给祖先看，人们狠命地发出最大哭喊、最危险讯号给祖先，生怕祖先不理会他们，杀了祭品给老天，呼喊："你的后嗣要死了，你的命脉要断了，不要忘了看看我帮帮我！"

若是持续的祭祀、与天沟通，开始一直无法获得回应，人们逐渐失望，整个部族只能迁徙，只能发动战争，去寻找另外一个资源丰沛并且受到上天眷顾的居所。

与天沟通出问题的时候，火种姥姥使出全身解数要与上天接频。她是部落与上天沟通的媒介，在焦急张皇中，她甚至召唤神兽帮忙，姥姥有时戴上奇特面具，因为想借由化妆帮助，更容易与神兽相处。

神兽有大眼睛，看得很远，比人类远很多；神兽长角，就像天线宝宝一样，容易接收到远方传来的信息；神兽长出翅膀，可以飞往人类怎样也到不了的处所。

那时候人与神兽紧紧环抱。

说过人类是懒惰的吗？人类后来不肯自己去找上天沟通了，他们差遣神兽去，把神兽当作传递信息的媒介，忘了巫女姥姥的存在，推翻这种过时的领导者，同时也忘了人类本身才是与上天沟通的关键。

人类后来就失去了进入幻象的渴望与能力。

以神为依存的年代逝去，以人为主体的历史开始。

巫的文化消失，人的文化取而代之。

神兽成为宠物。

人类以自己建立的政治礼仪制度生存，相信自己的才华，苏格拉底告别雅典，战国告别了萨满，人类的璀璨文明与战争胜利，都是依靠人类的无穷意志与能力达成。美好生活的创造，歌舞升平的盛世，我们偶尔需要挂念祖先的时候，便差羽人去。我们病痛时看医生，困惑时研究科学或者找占卜算命。

自然，现今这世界上还留有一小撮人，出自血液基因或其他不明的差使，仍然沉迷于幻象的制造，他们的前身是羽人、是神兽，或者是不肯进化的人类。

部落之火演进成为电影电视，我们自祖先基因保存下来的，如猫如鹰如虎那样，看到移动的光影便全神贯注盯住不动，是天性本能，动物性满足后，理性才会接手，才说这电影好看不好看。

锦文熟了就没大没小地嘲笑老艺术家，在山上改建别墅工作室，按自己心意规划庭院桃树鱼池，像是黄药师在桃花岛上安排机关重重。

锦文笑他庭院计算得清清楚楚，与工人讨论施工准确度时要求得分毫不差，自己全身却不整理，皮肤皱皱黑黑，头发散乱黏成油条。

他打了她头："小朋友，我的头发不剪，巫师的头发不能剪，剪了要出大事的。”

部落迁走后，人类建立的文明体制竖立千年难以撼动，那个人们以为早就熄灭、早就抛弃在远山丛林中的火种，会不会仍暗燃未灭。

现在是谁守护着呢？

电梯内就锦文和艺术家的妻子两人，从喧闹的拍卖场中逃出。锦文是逃脱，不过艺术家的妻子是来看丈夫那件雕塑是不是以好价钱成交。丈夫的作品成交后，她对其他拍品毫无兴趣，立刻出场。

艺术家的妻子高傲不耐的眼神上下打量锦文，锦文想逗她，故意和她眼神交会，刻意似笑非笑，艺术家的妻子防御机制开动般地移开视线，抬头看电梯楼层显示。

锦文微笑，左手轻轻把头发拢在耳后。

电梯门在一楼打开，那艺术家就在前方等着妻子，显然是急着要知道拍卖结果因此差遣妻子上楼看现场，自己不好意思现身。艺术家看见妻子抢先从电梯走出，边走边要开口报告成交结果，又看见一身米白亚麻洋装的锦文跟在后头出现。艺术家警觉地迎上前，抢在妻子开口前先开口：“锦文好久不见！”

艺术家快步走过妻子与锦文握手。

艺术家的妻子不明就里，看着丈夫越过自己，与电梯里那个自以为是充满傲气的年轻女人握手拥抱。几秒钟之后妻子明了了状况，电梯里头的女人原来是艺术圈的，妻子回头展开笑容，刚刚的不耐不解迅速消失，堆出亲和的盛大笑容。

艺术家对妻子说："徐锦文，年轻一辈杰出的艺评。"

就这么几秒钟，锦文的角色就从一个骄傲讨厌的年轻女人变成丈夫事业版图内的专业人士。

锦文也立刻换下她恼人的轻慢表情，换上谦和可爱的脸蛋，向艺术家的妻子微微点头："师母好。"

锦文总是对艺术家的妻子感到困惑：她们是爱丈夫超过自己的人吗？她们是爱艺术大过爱丈夫的人吗？她们爱的是身为艺术家角色的丈夫吗？

身边有一个人，一个仍然能带领我们超越日常生活、进入幻象的人，一个可以引领我们超越自己的极限与上天沟通的人。身边的人也许就是那个守护火种的人，那个得与天神沟通的人。

身边的人是巫，是具有神秘才能的先知，能与上天接通的人。

因为自己有着迫切想要与上天沟通的渴望，因此在他身边，与他接通便与上天相接，借由守护男人如同确保自己与上天沟通的频道相通。

那是妻子守住艺术家的原因吗？

那是艺术爱好者将艺术家神化的原因吗？

天才诞生的神秘性与偶然性，是谁遭遇神启，谁被赋予了创造性的能量，取得在世间行走的特权？妻子们相信艺术家能带领她们进入短暂的幻象，艺术爱好者相信艺术家让他们得到生命的救赎与未来的启示，他们相信艺术家具有操纵灵魂、占有灵魂的特别能力。

人们对艺术家的神秘能量不是心存爱慕，就是排斥忌惮。

艺术家的妻子，那些不是妻子却执着留在艺术家身边的行政人员，那些美术馆馆长、艺评人、策展人、画廊经理乃至于花钱买东西的收藏者，会不会其实只是现世之中仍然存在一些极度渴望超越自身极限、进入幻象的人们。那么渴望进入幻象，那么渴望感受到自己与宇宙相接融合，然而自己却不具备足够的创造能量，只好以奋不顾身的服务，换取留在他们身边的机会。

用尽力气想要活在艺术的国度，只是徒然。他们并非神选之人，只好靠近神选之人。出自嫉妒或出自仰慕，想接近圣光，想活在神的灵光照拂下。他们有时候相信神通过艺术家与创造的过程仍在运作，或是艺术家幻化为神——否则一个人的体内怎么会有那邪恶又珍贵、泉涌不止的幻术夜以继日不断开展？

黄霁而让画廊老板们又爱又恨，他的画受欢迎，办他的展览肯定赚钱，然而黄霁而自己就对收藏家很有一套，人脉说不定还比画廊老板强，因此姿态高，要求也多。画廊老板没有安全感，想霸占黄霁而，但一旦谈起经纪或合作，画廊的能力根本没办法为黄霁而处理国际约与大型展览。他们最妒恨黄霁而在家招待收藏家还私下卖画。

当那些拼命把名牌往身上挂的画廊老板举办一场又一场只有顶级收藏家才能参加的私人品酒会，讨论他们猎奇似的从世界各国买来的收藏品时，黄霁而轻轻松松地在家里，让收藏家和他一起吃家常菜、写书法、喝茶，看黄霁而家里的杂玩古董，聊聊女儿的突梯搞怪。

一位画廊女老板这么教过锦文："你要穿得有品位，要穿得贵，但是不能比收藏家和他们的太太更贵，你要让他们觉得你接近他们的水平但不能与他们平起平坐。你要穿得让他们好奇仰慕，你展现的是创意与品位，你要能够让他们开口问你这身衣服在哪里买。"

锦文年轻时候根本看不起黄霁而，看不起杂玩琐碎的倾向。她觉得，任何时代只要艺术整体走向开始往琐碎走，那个时代就败象已露，很快就要腐败灭亡。她喜欢最大气凛然与最古怪前卫的。她不能理解为什么会有富人喜欢窝在黄霁而的公寓喝茶写书法，为什么有钱人会喜欢从豪宅跑来黄霁而的旧房子，兴冲冲地和黄霁而谈艺术，谈大陆市场和李叔同。

"他们为什么喜欢和你在一起？有钱人。"锦文很冲。

"他们的人生很无聊，他们私下会忧虑自己庸俗。我是媒介，借由跟我在一起，他们觉得自己亲近了一些什么，觉得能与自己的灵魂接通，他们在艺术家身上要的是这个。"

“自己的灵魂不是该自己拯救自己负责吗，跑来找你干什么？”

锦文小时候被管束得很严格，她发展出自己的游戏，每天傍晚站在阳台往下看对面的大楼，幻想自己是巨星正在开演唱会，风儿你要轻轻吹，吹得满园的花儿醉，雁儿不想飞，白云深处多寂寥。她摆头扭臀，唱到深情哀切之处还会落下悲伤的泪水。有时她直直盯着对面大楼的窗户唱，对着幻想的听众挥手致意。

有阵子她迷上收音机，那是她父亲闲放在书房柜里不太听的机器。黑色方形的复古造型身躯，大大小小的金属按钮，她搬了矮凳，辛苦地把大收音机从父亲的书房移到自己房间。

从那黑色闪光盒子流泻出来的人声与歌曲，让她兴奋莫名，被关在塔里的小女孩找到一个与天空之城接触的频道。

那个世界广大缤纷呢，每一到两个小时就会换个节目，每换个节目就换新的主持人，一个人接续另一个人，一首曲子叼着另一首曲子的尾巴，一个频道的身侧竟然还有另一个频道。

除了上学之外的时间，收音机都是开着的，她小而扁薄的世界变得立体多层次了。她用笔记本记下不同频道不同时段的节目，主持人是谁，新介绍的流行歌，那声波一阵阵涌动，都是她秘密的朋友。

着迷于收音机的童年她还患有长期的鼻炎，止不住的鼻水鼻涕偶尔杂着喷嚏与鼻塞，长期下来她的鼻头因擤鼻而破皮红肿，怎样都好不了。她仍旧上学放学，鼻炎严重的时候，她书包里头满是擤过的卫生纸与备用的好几包干净卫生纸。她走到哪擤到哪，揉成一团团小小湿湿皱皱的鼻涕纸团铺排成她走过的轨迹。睡床书桌地板，房间的置纸篓也满满。她缩在桌边边擤鼻涕边写字，写完字她裹着小棉被坐在床沿，喜滋滋地一边擤鼻涕一边听收音机，那里有无限量供应的活泼馨甜。

不过她的欢喜不能见容于母亲。天下所有母亲都必须见到同性子女勤勉衰弱并且受苦，才能借此平衡自己勤勉衰弱受苦的人生。锦文很早就知道要保护自己的方式就是不让自己的喜好显露于外，一旦她喜欢的事物被发现，很快就会遭到剥夺。

锦文思考了好一阵子，是她听收音机时候的表情太过沉醉，还是她记录节目时段与歌曲歌词的小本子被发现，到底是哪一个她感到满足的轨迹被侦测到，有天放学回家，她房间里头闪着金属光泽的黑色收音机不见了。

她跑去问她的母亲，母亲脸上的表情仿佛期待这刻已久。母亲把收音机收回父亲的书房，因为锦文花太多时间在收音机上了。她可以见到母亲认真的眼神背后，其实是揶揄、优越以及小小的胜利的光芒。

锦文克制自己想要号啕大哭的冲动，饱受伤害地转身，她不死心跑去父亲的书房，黑色收音机的确被收回柜子里，她伸手去拉玻璃柜门，发现锁住了。她的神秘朋友，她那通往另一个世界的开关，那发出琉璃光彩旋律催动心神的歌曲，都被锁在玻璃柜中，沉默而呆板地静坐，不发一言，仿佛他们从来不认识彼此。

她几天后又发现自己房里的书柜也换了位置，其中几本她特别喜欢的爱情小说消失无踪，日记从抽屉被翻了出来，像打开的大腿那样，开展在某页她写得情感特别隆重的抒发。她带回家过的男同学女同学接到母亲的电话，很快地那些人因不安都开始疏远她。

无法报复比自己年长的人，无法回击在体制伦理上比你强势的人，有教养的人喜欢欺压子女，这一切太容易了。

年幼、体弱、没有钱财，什么也不能做，要等待。另一个更迷丽丰富、腾空存在的世界，就在上头，她已经知道了那个世界的存在，只是接通的媒介暂时失去了。她忍耐着那股想要进入天空某处的渴望，那个比较好的地方，与灵魂相通的地方。

长者不希望她快乐，但迫切希望她成功。有趣，当你觉得自己爱某个人，你把他纳入自己私密的领域，你觉得必须拥有占有他成为你的一部分，你同时也觉得自己的某部分被他剥夺入侵。不希望他快乐，就像没有多少丈夫希望妻子快乐，没有多少父母真心希望子女快乐。

他们必须确认对方受苦，自己的挫折才会稍微获得平抚。

孩子必须受苦，但不能苦到落败，或危及家族的财富与社会地位水平，因此，给孩子情绪上的挫败最好，让他们永生不快乐，那份无法具体明之的贬抑与失落，让他们连同人明说或为自己申辩的可能性也没有。

不要崩毁，只是一点类似正义般的报复，让对方从心里头，最里头的那里，坏掉一点。

反正是我的。

锦文立誓，她这一生都不要被谁拥有。

小女孩也有骄傲，锦文冷然昂首离开那个檀木书柜。

再忧伤也要节制，节制才有格调，点滴的情绪流露都会泄露秘密，成为切入的刀口，在等待幻想的未来成真的漫长时分，小女孩要十分谨慎。

不动，不动便不会发生不测。

锦文躺在大理石地板上，屋子变得辽阔，天花板幻成的穹苍延伸，白墙长成山峦散开，大理石的沁凉从尾椎底部一节一节爬上。她静止，时间的脚从她的天灵盖踩过眉心、鼻尖与下巴，行经颈肩、锁骨、乳房与肚脐，时间下滑至阴部，张开触须成网，捆缚大腿张成鱼的巨鳍。

把身体的重量沉入地面，世界成为汪洋，摇晃后逐渐凝固，又成为一碗没有糖霜的果冻。

头转向右边，锦文透过落地窗的菱格玻璃看，将眼睛贴得很近。一格成四面，每面都透光，却因折射让人看不清，外面看似光亮却只是模糊的影子。锦文躺着，手肘支起上身，眼睛贴紧菱格玻璃硬要看外面的绿院，她得到的是依稀的颜色，仿佛的形象，消融的边界。外面一切看似经过摇晃，黄的红的绿的黄的全匀混糊成一片，草叶花木融成调色板上的颜料，风必定在作用着，四季的神秘必定在玩弄着，这宇宙必定正在经历细密的变化以轻微难以置信的波动。

那是她经历的小规模灵视。

“你很有慧根嘛，”一起学画的艺术学院学生这么对锦文说，“通常只有我们这种人才看得到，才会用不同的视角去看寻常，这就是我们艺术家的视角。”

她觉得遭到冒犯，她比搞创作的人更有才能，甚至，更爱艺术，但这个年轻人在艺术生态中选择出场的角色是创作，而她不是创作者，他就敢对她狂言蔑视。如果当时她已经习得足够的语言，拥有足够的权力，她就可以重重打击这个家伙的自尊。

总有那么几次，艺术家的妻子们在闲谈中控诉自己遭到圈内人的轻视：“我就站在我丈夫旁边，那个留长发穿着意大利西装的策展人，向每个人招呼寒暄，却冷冷跳过我直接向下一个人伸手，仿佛我是混进来的下等东西，是不属于他们的外来者。完全无视我的存在，他的眼神只是滑过我，仿佛我是物件，下一秒他很自然地对我老公谄媚，讨论下次个展的日期。

“他当我是什么，是行政助理？是生小孩的女人？是艺术生产的附庸者？是乞讨光环的交际花？”

锦文帮这些女人倒了更多酒，有种九死一生的庆幸。差一点点，她也可能变成怀着同样愤怒的人，人生千钧一发。

说着说着其中一个女人哭了，眼线糊开。锦文说：“你不要理他们了，你若在意，就要比他们更傲慢。”

能不能回到单纯喜欢画画，回到那份笔在手中的充实兴奋感，回到焦躁在专注中逐渐流失的状态？能不能回到看到精准的造型配色，脑子还未运作、意识尚未接手，人就心脏加速，眼泪涌出，全世界倏地静默，只有眼前那份灵光旋转的状态？

车厢里，锦文突然怀念起手绘劳作过程中，那份因肌肉酸疼带来的满足。那时候她还不懂什么是观念艺术，什么是装置艺术，什么是录像艺术，什么是行为艺术，只是喜欢画。她那时候还不知道自己有一天会站上大学课堂，对台下学子说明艺术是“赋予物质新的意义”的漫长过程。她想起小时候那样，只是画画，不去探索什么符码系统，不去追溯形式指涉，只是喜欢动手的单纯。

她小学一年级时自己绘制图书馆借书卡，用刀片裁剪，用尺与彩色笔弄了整个下午。她描绘着女同学之间竞相走告买下的《摩登少女完全手册》其中一页的美少女图案，一笔一笔印着描着。长卷发编成辫子，明亮的眼睛，小而嘟的嘴唇，娇俏女孩穿红上衣白短裙及运动鞋，微微侧身，双手握着网球拍，修长双腿重心在前脚，就要挥拍。

锦文一笔一笔勾勒，在借书卡上描边线，把主角背景重新设计，以绿黄黑三色交替的斜射条纹铺满整个画面，创造速度加快与时空变异之感。

再大了些她被送进画室学技巧，她又陷入着迷，没日没夜练习，技艺练习带来的进步像法喜一样充实内心。班上练习静物，老师要求大物件按现场摆设原样画，前头的小东西如紫色李子与许多弹珠，要求学生们任意自己组合。锦文让中景稳重庞大坐镇，前头小东西滚动，小弹珠小蜜李让她摆得像台球桌上刚散开的彩球奇巧。

课堂结束前照惯例学生作品排成一列等老师讲评，老师却跳过她的习作，最后才回头说她的。“这件我不能用刚刚的构图原则来谈，因为她走险招，物件都让她放在一般人不会放的位置。一般人不敢放的角落、压在物件边线的奇特位置，不过她又让它们奇妙地达到平衡，随便哪个小东西都不能移动，一动整张画的平衡感就崩了。”

平衡感这事情她微微成癖。她在画廊看人布展，作品上了墙面，工作人员东量西测地把画挂好了，她在那边不舒服，心里暗暗喊着画明明挂得不对称啊左右不平，她几度欲言又止又怕人家嫌她多管闲事。

她走近画廊小姐轻声说，画没挂好，两边不平均。

有的人敷衍她：“请放心，我们都是专业布展人员。”

锦文近乎耍赖：“真的两边不等高。”

她和李翊从没面对面谈过分手，只是在时间的某一点上，两人就仿佛有深厚默契般地互不联络。

李翊拿到赞助去纽约后，他们偶尔通电话，次数愈来愈少。

她厌倦他在电话那头的诉苦：谁不认同他，或谁没给他尊重。

她辗转听到李翊在那边和哪个留学生走得近，或听说在那边一个读餐饮学校的女孩与他同进出。有的人狐疑试探她，她只是装傻，只有她心里知道松了一口气，像是重担放下，她不用当别人眼里的坏人。

她如释重负地将头枕上别人的肩膀。他们两人各过各的但不说破，沉默地狡猾地为自己盘算，谁也不想负责任地说清楚。

那个读餐饮学校的女孩回台北度假时找过锦文，她们两人加上一个共同的朋友一起看电影试片。看完后三个女生端着碗站着在街口默默吃大肠面线。

“你和我想象中的不一样，”女孩对锦文说，“你好秀气，好细致。”

锦文还在吃面线，抬起头来对女孩笑了又低头吃。

“本来听他说，我以为你是给人压力很强势的那种。”

锦文又笑了。

有天晚上李翊找她去当时流行的美式餐厅，纪录片导演、一位瘦小艺术家、一位女老板和李翊都在那。女老板是收藏艺术的，品位倾向年轻前卫，和老收藏家的保守品位不同。

女老板短发染成褐色，灰褐色眼线及烟熏妆，见到锦文主动伸出手说久仰。

“我以为李翊的女友是犀利难搞的艺评人，没想到你本人这样甜甜水灵的。”

李翊介绍这位女老板特别喜欢年轻艺术家与摄影家的作品，那令人感到鼓舞。就算几年前股市上万点，连菜篮族在号子看完盘[1]后也直接到画廊买画的年代，大家都买画但还是没人喜欢掏钱买挑衅的作品，出格热情的艺术家只好找出格热情的新世代收藏家、策展人结为同盟。这岛屿都变化万千气象昂然了不是吗，领袖直选，快乐希望，往前就有路了，艺术也应如此。

“不过那个美术馆主任怎么一回事？”

“权力在她手上，她喜欢谁就找谁。”

“她是公务员不是吗，换句话说她不是应该服务我们纳税人吗？怎么老是去谄媚外国人？”

“反正就有这样的人！”

“上周澳大利亚和巴黎都来了策展人要找我们的艺术家去展览，她找了十几个人拿资料排队像求职面试那样，巴望着国外老大哥点名你。她没找你去吗？”

“买办是了。”

“Bitch我们不用太理会，SOB我们也同样不需要理。”

整桌骂人自嗨笑起来。李翊熄了烟，去化妆间，女老板眯着眼看着他的背影。

瘦小艺术家说欠他画款快一年的画廊老板终于叫他去画廊取款结个展的账。等老板的时候，长发长腿的画廊经理跑来看他两三次，是他以前在艺术学院的学妹。学妹对他说，画廊这两次个展都卖得不好，收藏家还是喜欢前辈画家或抽象画，甜一点的，

[1] “菜篮族”原指家庭主妇，因过去主妇常提菜篮去市场买菜。“号子”是股票交易所。此处引申为股票热络时期，主妇也上股票交易所购买股票。

老板说过希望他多做一些单价低的小件作品，比较好卖。

“对了，杂志广告的费用，画册的钱，都会从画款中扣。”

那个满嘴艺术刚买了新的红酒柜的画廊老板，扣完一堆费用后，终于把钱付了。

“我终于领到遮羞费，虽然扣完之后很可怜，但今天我付账。”

锦文伸手打了他的肩，他虽是李翊的朋友，但锦文是真心喜欢这个矮小又充满爆发力的小家伙。

“所以bitch真不少是吧，这样听起来。”女老板大笑，然后转头用只有锦文听得到的音量说，“其实在我看来你也就是个bitch。”

锦文不可置信瞪大眼睛，不太确定她这是开了个锦文没听懂的蹩脚玩笑还是认真。

女老板追加：“我说你就是bitch，你就是巴着艺术家不放追星族一样的女人，你也只不过是和艺术家睡觉就以为可以和他们平起平坐。”

女老板眼神凌厉：“你就是这种贱人。”

李翊回来了，滑进座位，女老板立刻转头同李翊说笑，好像刚刚什么都没发生过。锦文也当作没事，继续和纪录片导演说话。她不确定自己若真的发作，在场的男友与朋友真的会站在她身后吗？不过她没往那方面继续想，那样想只会把自己往死里推。她是识大体的女人，她发现身上新买的天蓝色针织衫竟然勾破了洞，她扯着线头，万分遗憾。

不知道是不是怕锦文听到什么，后来李翊常对锦文抱怨那女老板有毛病。不管李翊和朋友去哪，那女人都要跟。有时候他们去跳舞，女人打电话就硬要到。李翊订购一批PVC在工厂和人谈尺寸，她也抛下工作到现场，说可以帮忙议价。

锦文在听音乐，摇晃着头，对李翊的话漫不经心，也不去想李翊说这话是不是打预防针。

李翊见她那样，伸手推她闹她。

锦文装可爱嘟嘴抖动肩膀，那是她的温柔体恤，她比较诚实，她比较早对自己承认不爱了。

06— 戴安娜

过了二十年，锦文还会想起戴安娜的眼睛。

下巴往颈收，头微低十五度，眼睛往上翻看，定定直直的，似笑非笑。这个角度是女人最具诱惑性的视线，有些女人天生用这种方式看人。

这是皇帝一样的生活，喜欢艺术，工作是艺术，即便劳苦也有轻柔的浪花托着。对于不喜欢艺术的人，要他们每天看艺术为业，只是折磨。对一些人带来冲击性兴奋的事，对另一些毫无感觉，不能理解。

对锦文来说，靠艺术维生，可以免去同龄人朝九晚五的上班族生活，可以免去被体制驯化的命运。只是她觉得自己好穷，进咖啡厅耳边听闻的是几百万股票进出，进画廊听的是拍卖场上千万下标成交，尽管在业界有了点锋芒，但她的存折这个月只有两万二收入。她和成千上万在艺术圈游荡的女孩一样，明明一个月就是两三万，每天上手的却都是精品，一日三餐那般寻常。

眼界高了，将来总有天会觉得自己益发寒酸。

不过，时候未到。

那个时代的岛屿生猛有劲，锦文回想起来，人生青春正盛之时，能巧遇乐天欢腾的年代，普天同庆，妖孽缤纷，见声色，喜万物，那是人一生难得遭遇的万幸。

她着迷兴奋地写英雄出少年的同辈艺术家，她相信她和艺术家正在创造属于自己的艺术史，一起站在历史浪头的前端。

“你想过自己这么年轻就可以在国际上露脸了吗？”她问他。年轻艺术家和她同龄，有个与他高大的身体不成比例的小头，他们坐在双圣，侃侃而谈，他要出境参展，他谈他们这个世代的漂浮。

他放出明亮自豪的笑，她为他那种不伪装客套的豪气感动。

他说：“我算了命，算命说我会！他说我会一生东奔西跑，五湖四海，成就非凡。”

她大笑不已，觉得自己沾了那丰采也光亮亮的，是他们的世代，一切都要展开。富裕、多元、开展、纷乱的，前所未有的从他们开始的时代，世上没有不能谈没有不能摊在太阳下的东西，就连最暗黑的角落也能为之翻转。他们雄心勃勃，欢天喜地。他们觉得自己的未来一定和这岛屿的脉动一致，他们看到的世界广阔，谁都可以漂漂亮亮、毛色灿亮地过活。他们只需疾驶，只需愈飞愈高，谁都相信自己是往光亮圣地的特快列车。

如翼手龙要展翅，大家都爱艺术，大家都青春，未来壮阔到同伴们不可能卡到彼此的胳膊，足够每个人拼命振翅。只要每个人都长长展开修长的手脚，时代的面目也会爽飒快意。

只要他们往光亮繁盛之处飞，这岛屿也必然往光亮繁盛处行。

一个月后锦文和一票艺术家、艺评人组队在威尼斯晃荡，餐厅门口的侍者朝他们猛说日文。跑到古驰专卖店，店员不给他们进，因为日本人正在血拼，门先关了起来。不给买也无差，他们气势正盛，拿着信用卡往凡赛斯去。

他们脚踩得稳还步履轻快，在水都谜样复杂的弯曲巷弄中穿梭。这世界不难，纵使再大，只要眼睛看紧了大方向，不怕偶有绕路迷失。锦文这批精英一边走一边口沫横飞地阔谈当代艺术，头顶上是威尼斯人横挂曝晒的内衣裤，比万国国旗还多彩，这让她感到快乐。

玩到晚间月光洒在运河上，船夫消失了，给游客唱歌的贡多拉也散了。黄霁而和他一身唐装的同伴，喝得大醉，摇摇晃晃边走边唱邓丽君。膀胱忍受不了，两个台湾中年艺术家在运河畔并排如小学生，朝着水波上的外国月亮脱裤子喷尿。

黄霁而和穿唐装的水墨画家上个月结伴开始游欧洲，这次知道他们这批年轻人来，便约了来水都会合。

黄霁而说，上周他们租车到米兰，晚上也酩酊大醉，硬是开车回小旅店。两人靠意志力支撑，喝醉也小心翼翼地将租来的小车停在画白线的停车格内，才回到房间，松懈下来倒头便睡。

次日他们过午才起床，却找不到车。

他们感到困惑，绕着旅店四处找了一圈，找不到昨天的停车格在哪里。卖蔬菜火腿鲜红西红柿的市集小贩大声吆喝着，他们边找车，顺便买了起司和苹果，坐在市集边缘的露天咖啡吃第一餐。两人默默吃着，有种闯了祸的心虚，点了第二杯咖啡，还是想不起昨晚的停车格在哪儿。

几个小时后，部分市集农贩先收拾了回去。黄霁而揉了揉眼睛："那个，是我们的车吗？"

穿唐装者顺着黄霁而的视线，穿越散落的几个摊贩看去，两人站了起来。

他们的菲亚特小白车停在市集正中央，只是刚刚摊多人多，他们又只在外围绕，忽略了。

两人这才惊觉，昨夜他们小心翼翼停进去的画白线停车格，是当地摊贩排列的格线。

大叔互看，忍住笑，心头放宽了便不急着走近那车，反正现在也开不出来，干脆继续吃喝。

夜幕降了他们才到人烟散尽宛如广场的市集，轻手轻脚赶紧将车开走。

锦文有一次在丹麦的新嘉士伯艺术博物馆地下室展厅突然晕眩，头顶发麻。

那是古埃及文物区，也是这间博物馆最精彩的收藏。她在夏阳中摘下草帽进了博物馆，在古埃及区见到黑猫标本。黑猫修长的双脚并拢，像女人的倨傲双手。古埃及人崇拜猫，视猫为神物，是祭祀献天的祭品。古埃及人大量饲养猫作祭品之用，原本野生、狩猎、有强健后腿的猫便因此驯化，猫的宠物化的关键时期就是古埃及。

锦文走近穿越世纪修长静坐的埃及猫标本，心脏开始隆隆打鼓，鼓声愈响愈大，头顶端的那个点开始发麻，疼痛愈扩愈大，晕眩以旋涡状漾开，席卷全身，左耳内部嗡嗡鸣叫。她眼睛微闭，觉得脚跟飘浮离地，她快速吸气换气，逼自己踩回地面。

她再度张眼，看着神物，神物的黑色毛发闪现绿光，那双猫眼冷漠尊贵，竟生出邪恶。锦文再度晕眩，疼痛感像波浪一再推涌席卷。

她踉跄一步，出了冷汗，抬头与神物对视最后一眼，转身快速走出展场，回到阳光下，在博物馆门前的阶梯喘气。阳光蒸晒她的皮肤，她却觉得身体里还有那黑猫的冰寒。

博物馆入口像时光隧道的入口。

吃三明治的时候锦文忍不住向同伴说了刚刚在黑猫前的惊悚遭遇。同行学者说这事常有，常听见有人在古文物前呕吐昏迷或通灵附身的现象，只是他们做研究的，不管听了再多或感应到什么，也一定要告诉自己是无神论者，“反正终极的无神论等同虔诚的教徒”。

九〇年代初期意大利策展人奥利瓦宣称超前卫，他戏剧性浮夸地主张这世界上什么东西都可以是艺术，什么鬼都可以当艺术家，所有的定义都可以打破重建，强烈而不健全的人们纷纷套上行囊，走上天涯，疯狂破碎的片段一时铺天盖地。反扑奥利瓦的主张几年后兴起，指责奥利瓦的媚俗与粗糙，双年展找了英国学者让·克莱尔，他老老实实整了一趟学术型的策展，典雅地学者般考究地梳理艺术史上人类形象，教科书形态严谨条列了古典命题，那是一场艺术史上人类形象的变革整理。人类为宗教赎罪，为存活价值为遍寻不着灵魂归依处而苦恼，寻找幽冥火中焚烧的一点清明，保存酒歌盛世中的一滴眼泪。

锦文和她的女性同伴特别喜欢看那些场内的老太太艺术工作者，灰白直发落在肩上，宽大上衣宽松直裤，胸前挂着大型琥珀项链，酷异坚定。还有一个艺评老太太，甚至将白色长发打了两条辫子，玳瑁猫眼形眼镜，眼神复杂却笃定，手指上还有雕塑般的夸张银戒指，贫民的与富贵的气质集合一身的巫女。

“这圈子里女人好像没有老这件事。”她的女生同伴赞叹，“她们有自己的样子，而不是照着人家给的样子穿搭。”

“我老了也要成为这样的女人。”同伴激昂立志。

锦文心里想的却是别种女人模样，她私心幻想的未来形象其实与艺术界巫女一点关系也没有，她没有志气，她不渴望聪明睿智独特，她偷偷喜欢的，还是被爱情拯救、受豢养的美丽女人，依赖着滋养而活。可以来一点聪明才智，聪明才智是浪漫的装饰品，有了那个可以使童话更晶亮。普通女人被爱情拯救已经很美了，若这女人刚巧是有点聪明才智的，童话就更完整了。

不过这不能说出口，说了会给这圈子有才识有抱负的人嘲笑的。有才识的女人要独立要有主张，要气宇轩昂。锦文觉得自己得以身处一群风风火火有长才抱负的女生中，有侥幸也有微微焦躁的亢奋。

他们一群人走近主展场入口，觉得这场面不太对劲，好似正在发生什么大事。人太多太嘈杂，各国人都有，太吵太闹，不像是艺术圈的人，还有好多摄影机。他们要看展览吗，却又没打算进去的样子，都围在入口，叽叽喳喳。竟然还有警卫守着入口，不给进去。

锦文不知哪来的好奇，从缝隙中穿梭，绕着绕着就穿过那群人到了入口，停住脚步。大概是她的冷漠气势强，警卫竟然也没询问她，她便站着狐疑发愣。突然间轰一声响，整群原本不动只是叽叽喳喳的外国人由外往展场内冲，她吓得不知如何反应，却被大群人推挤进了展场。她想要反方向挤出去，入口的古老大门就在这几秒钟关了起来，她就这样被关在里头。

她不知道究竟发生了什么事情，也不知道自己被推进来后要做什么，更奇怪的是刚刚那大批带着摄影机涌进展场的人群，迅速消失，不知道都跑到哪里去了。那好大的展场，冰凉无人，和外头夏日的热烘烘成为对比。她还是纳闷，有点胆怯，但也无所谓，耸耸肩，调好肩背小包，决定一个人在这里晃荡。一个人影也不见，整个展场陈设的艺术品仿佛只是为她一个人存在。她一步又一步，见着感兴趣的东西便慢条斯理地绕着圈子，每个角度都看看。

有人了。

斜前方不知道哪儿突然出现两三个鹰眼的外国男人盯着她，防备地观察。她呆呆地回看，继续往前走。鹰眼男人后面好像又来了几个人，好像在说些什么，他们围着某件雕塑看。

然后她见到她了。

戴安娜王妃正微微地低斜着她的头，倾听穿着白色西装的让·克莱尔的解说。

锦文看见她翻吹的金棕色刘海，再往前，看见她的上半身，再往前，锦文看见了戴安娜全身，苹果绿色一整身套装。

她站在两件艺术品之外的距离看着戴安娜，王妃的脸微微转了角度，看起来像是有点不耐烦啰唆的学者导览又必须遵从礼节。王妃抬起头，看到距离之外亚洲女生冷漠的脸蛋及认真的眼睛。

这时锦文才明白刚刚那一阵大骚动是为了什么，是威尔士王妃来看展览了。他们因此管制入场人数，而她就莫名其妙地夹在一群媒体里头被推了进来。

锦文凝视着戴安娜，戴安娜体格巨大高硕，脸部骨骼结构相当男性化：眉骨凸出，眉色极淡，鼻骨中央凸起，下颚线条有力。这真是那个迷倒全世界的女人吗？

那是个具备男性化骨骼、女性化气质的奇妙生物。

冷气让锦文的头疼起鸡皮疙瘩，她开始觉得迷惘，往旁站了一步，想躲避冷气风口。她看到了戴安娜的招牌眼神：头低低，眼神往上看，是这眼神让她看起来天真而挑逗，是这奇特甜美的眼神女性化，像个初明白性是什么却还没能完全掌握的女孩。这时为戴安娜导览的，换成一个矮小干瘦的中国策展人。

青春、美貌、财富，这三样东西人们都想要，很少人能够同时拥有，而戴安娜同时拥有了这三者。

锦文为那整身的苹果绿套装感到不解，怎么会有人穿整身单一颜色那样大块面积的苹果亮绿呢？那还是个身高一百八、骨架粗壮的女人呢。

也许，只要有足够的眼神，一个回头微笑的完美定格，一个人就足够风靡世界了。

那个鹰眼紧盯，眉毛浓乱的黑色西装男人走向锦文。

"能请你告诉我你为什么出现在这里吗？"英式英文，语言是礼貌的，态度是粗暴的。

"坦白说，我也不知道，我被推了一把，人就在这里了。"

那男人阴沉地打量锦文，接着说，如果是你想报道拍照，其他人都在他们划好的专区等待，等下王妃会经过。

锦文摇摇头："我不是媒体，也不想报道。"

男人说："那么我恐怕就必须请你离开了。"

锦文从鼻孔哼了声，有种梦醒的踏实感。离开前她转头看苹果绿套装的戴安娜，谁知道戴安娜同时回头转头看锦文。矮小的策展人兀自说个不停。

戴安娜就那样紧紧柔柔默默地看着锦文，用那个眼神，天真而复杂，长长地看她，传送什么信息似的。

锦文大着胆子与戴安娜对视，两人动也不动，世界消磁了。

锦文决定结束，耸耸肩，对戴安娜笑了。戴安娜扑哧也对锦文笑，也耸耸肩。

她对苹果绿挥挥手，走了。

同伴都散了，锦文走回正午的圣马可广场，没有摩尔人跳舞，她也不知道大家经过早上那场骚动冲散，都到哪里去了。她揉着自己还是冷的手掌，想将热气揉进身体，嘴巴干干的，有一刹那出现劫后余生者的恍惚自问："我为什么在这里？"

她在路边买了瓶可乐，拐入小巷，上头有寻常人家挂成万国旗的内衣裤。她今天不想看前卫艺术，想去看学院美术馆的古代教堂三联屏。

石板路上一踏一印，锦文终于找到教堂时，天色已经转阴，脚边有鸽尸，没有头。

07—时光的分内之事

锦文和艺评人在他的书房喝小酒，喝一段落后这位大哥要她看张画，他起身往里走，一会儿拿出一张油画，说是黄霁而的，要她看看。

他定定地看着她的反应，考试似的。

她差点脱口而出，又把话吞回去。哪里不对，她小心翼翼再看一次，怕惹事。

“这是典型的黄霁而早期风格，是二十多年前他刚走红早期画风，不过，又有点不太一样。说是他早期的，可他以前很少把画面画这么满，笔触又太熟太稳，他早期的东西多半有点生，生到几乎有点不确定与漂浮，当初不少人不是说他根本乱画的怎么会红。”

这画的用色明确，切分利落，而黄霁而早期的东西，是青年人恍惚寻不到归依的迷惘。有些地方不同，很不同，但说这画是赝品仿冒她又说不出口，因为其实气质不错。她沉吟着。

艺评人笑，眉挑起来。

“这是黄霁而的作品没错，”艺评人的声音突然放低，他悄声说，这画很可能是黄霁而仿自己早期作品，“早期作品价钱现在高。”

前阵子黄霁而突然打电话来说家中收着私房的早期作品，现在他愿意割爱转手，便拿来这张给艺评人看看。艺评人努努嘴：“结果来了张自己仿自己的。”

两人默默喝完杯里的酒。

“这么作践自己，人真是会变的。”艺评人动了气，“这么多年的朋友，说他不是不说也不是，反正这几年大陆市场哪里都好，大家都想把画拿去那边卖。”

他等她应和，但她没吭声，只是动手开第二瓶酒。

早就变了，不只艺术家会变，她也变了，举例来说，她现在不太在意艺术家的操守品行。

她不应和艺评人是出自不信任，尽管他们曾经亲如兄妹，他们之前四年的时间无视对方的存在，在同一圈子里头活动，就算碰到对方也当对方是空气，锦文连正眼都不看他，要开始无视一个人就要坚持到底。现在恢复来往了，她只能认知是恢复来往，底子里她还张望观看，说什么她也不信世界上有尽释前嫌这种事。目前，她害怕交心与善意，这些东西不牢靠。

锦文和艺评人同时受邀为一位女性艺术家的大型个展出版图录写评论，两人的文章将共同收录在画册中。锦文没自信常犯焦虑的毛病又发作，又是和自己景仰的前辈大哥并列。此外，她也想把握机会，好好表现，闯出名堂。

锦文、艺评人和女艺术家，有天晚上三人恰好遇上了，索性叫了啤酒坐下来聊。

艺评人问她："文章写完了？"

锦文说写完了，但又忍不住习惯性地焦虑碎念，还有一种向大哥哥撒娇讨便宜的本能："哎呀，可是我不是很有信心，我觉得我写得不好。"

"你也不是刚出道的小女生，也做得有点成绩了。"他把花生放进嘴里嚼，"反正你就是写写什么人生故事那种什么文章的，真正的艺术评论你根本也不会写，我们两人也算是分工。"

锦文忍着不动，怕自己回嘴事情闹大，锦文对大哥的轻蔑惊讶，也凛然知道，在江湖走跳，受点糟蹋轻侮样子要先撑住。更何况，他当她是后生晚辈久了，不时要挫挫她好确认什么的，她也能理解男人。

她只是失望，当她还是满怀热情的年轻人时，这位当时已经成名的大哥视她为明日之星，喜欢她的奇想与创意。好几次锦文忍受不了撑不住，想就随便回头去找个杂志编辑采访的工作重新上班，有个正职，他总是出面拦住她，鼓励她再撑一下："你可以独当一面的，如果我做得到，你一定也做得到。"

她哭丧着脸回这位兄长："拜托你是国际展的策展人，我是什么东西啦。"

"可以的，我说你可以的。"他拍拍她的肩。

锦文总算撑了下来，文名有了点，手上策了点活动，她有种得了好成绩想回家向大哥哥分享讨好的爱娇，老找他讨论自己的想法。后来她才知道自己傻，这些行为看起来像是炫耀。

他赞美她："是不是这样？我说你可以不是吗？圈子就这么小，戏棚下站久了一定会有你位子的。这圈子没什么，有人是靠专业，靠人情看脸色也是可以出头。"

她看着他熊一样高大的身体，知道他变尖刻了，但那也是他的评论之所以能犀利的原因，这也是当初他们俩会一见如故亲如兄妹的一部分原因。锦文总觉得，再过一点时间就会没事的，他要一点时间调适，她也要一点时间调适。

"真正的评论反正你也不会写。"不过，这次大哥当着那位女艺术家面这样说，锦文面子却挂不住，脸红了，那位女艺术家想缓缓场面，打哈哈说起想为展览增添几件近作，还有另一位新秀最近去慕尼黑展览，正在找赞助，而另一个艺术家则是在台湾不怎么卖，去了马德里艺术博览会大受欢迎。

锦文脸上愤怒又羞愧的红潮正在退，艺评人丝毫不感激女艺术家的打圆场，也没打算放过锦文。他又对锦文说："既然你文章已经写好了，我还在写，你就先把你的文章寄一份过来给我看，让我参考参考。"

那女艺术家一下子也接不上话。

锦文的脸从燥热变得僵硬，突地不知从哪里借来的好大胆子就顶撞大哥："你和我同样都是受邀写评的，将来文章也要收到同一本书里的，大家是平等的，为什么我应该先把自己写好的文章让你参考？"

大哥放下手中啤酒杯，啪一声重拍桌子，高大的身体巍巍颤颤，细眼射出狠劲：“我们这种兢兢业业认认真真写评论搞展览的，在艺术界辛苦了这么久，为的就是一份理想，为的就是让台湾当代艺术的好东西被看到，为的就是好艺术家在国际上的能见度都高一点，这一二十年来我们下了多少的功夫，付出了多少努力。你这种不时在媒体上登个文章，出一两本书，就以为自己是艺评人了？

“在我看来，你写的东西不过就是习作等级，靠着一张脸装可爱，靠着老男人给你几个案子，你有什么资格跟我谈平等？”艺评人继续教训她，厉声疾色，“你真以为自己是个角色？我叫你拿文章给我参考有什么不对？你这种档次的文章本来就是拿来给专业人士参考的。”

她忍着他的骂，等他骂到尽兴气消。

她凄凉地觉得，父兄这两字对她是可怕的魔咒。在艺术世界找替代的家人，在江湖中寻找父兄的保护，这意味着你和他们彼此有了默契，必须要永远仰望父兄，才能得到关爱。若不保持仰望的角度，就永远得不到关爱。

她又孬种地想，还是保护自己好，让尴尬冲突赶快过去，都以兄妹相称了，吵架也要和好，这世上男人多粗暴，要留这份情，只要让着就好。当然她想要尊严，不过，那个年纪她还是孩子，还不知道尊严的重要，那时候她想要友谊还是大过要尊严，因为这世界太寂寞。

几个月过后艺评人与锦文又一同被找去中年艺术家的饭局。

她和艺评人并肩坐，笑嘻嘻的，像旧日友爱的时光。在席的年长艺术家们吵吵闹闹，她还是小女生似的跟在旁边嘻嘻哈哈，饭吃了酒喝了歌也唱嗨了。

她就是忍不住多嘴。酒过几巡后她又旧习不改地和大哥讨论："我最近不是都没事情做吗，明镜画廊那边找我谈，希望做个比较长期的配合，策划展览什么的。"

"明镜？他们找你谈什么合作？"他突然厉声问。

她以为他喝多了，但他话中的清醒和严厉让她吓了一跳，旧事上来了，她防卫心起了："没，没谈什么真的具体内容，因为我工作有一搭没一搭的，这么大的画廊找我谈谈，我当然会期待有点计划可以做。"

"我为你不值。"大哥说，"我没想到你会这样作践自己，跟这种唯利是图的画廊合作，那老板我也熟，但朋友归朋友，生意人就是生意人。"

"你不是也为这家画廊写评论？不也为这家画廊策划展览？"她气上来了，"你和这家画廊合作就不算作践自己，我和他们合作就是了？"

"我是为了你好你竟然吼我？"他推了她，手指着她的鼻子痛斥，"不知好歹，你太令人失望。"

锦文心里惊讶慌张，声音却尖冷了起来："说穿了台湾的艺术评论与策展，不是跟公立美术馆就是跟私人画廊合作，什么艺评文章，不是刊登在靠广告的艺术杂志就是登在画廊出钱印的画册。哪一个背后不是商业？哪一个是清高的？也不是沾到钱就一定低下、叫穷的就一定清高。这圈子本来就有它的局限，重点不是商业，重点是质量吧，如果在局限之中还能传达一下想法与态度，我们今天要的不就是这个吗？”

锦文回瞪他：“脏的不是钱，脏的是人。”

他猛地站起来，手一挥，把桌上的杯子餐盘全扫到地上，旁边那些酒酣耳热的人听到破碎声响才意识到他们在争吵，不只是酒后大声说话而已。

“你这自甘堕落的东西！我叫你跟我说清楚你跟他们要合作什么，你竟然给我装傻！”他戴起帽子离开，怒气将餐厅震得抖动，走到门口他回头又对她大吼，“自甘堕落，你这个专写应酬文章的东西！”

艺评人离开后，所有人玩兴全失。

做东的中年艺术家说：“他又发作了吗？你们吵架了？吵什么？”

锦文冷着脸，耸耸肩。

满场的艺术家、收藏家不说话，有几个只好吃桌上剩下的食物、喝半空的酒杯，在乱丢的歌谱与麦克风中坐着。

主人的妻子站出来握锦文的手：“怎么一喝酒就发作……就算吵架也不要对女孩子这样吧。”

锦文看出中年艺术家当主人请客的无奈，满座都是有点资历的艺术家、收藏家，离开的是重要的艺评人，偏偏惹祸的是个小女生，以锦文的辈分年纪，在饭局中就只是陪客。

满头白发的收藏家对锦文说：“他就是这种脾气，他以前喝酒也会对我发脾气，我都没有怎样，你又何必要回嘴？”

锦文想都没想又惹恼了这位人缘极好的收藏家:“他是这种脾气关我什么事?你不在意为什么我就不能在意?”

周末过后的第一个上班日，没有事先预约，艺评人走进明镜老板的办公室，关上门上了咖啡后，艺评人直截了当地告诉老板，他知道明镜想找锦文合作。艺评人告诉老板，他和锦文认识多年，从锦文还是个刚毕业的小孩就看着她长大，锦文虽然模样讨喜，不无创意，但论真正的创见、圈内人脉以及专业能力都不足。他谈到，锦文年轻气盛，性格不稳定，又老跟些年轻男艺术家走太近，他为了大家好，才特地走一趟不得不说清楚这件事。

明镜老板未必信他，不过明白找锦文合作将来会惹点麻烦，这档事就不了了之了。

恩恩怨怨，什么了不起的恩怨也不过就是这样用情绪、言语诱发结下的。

先有恩义后有怨怼，先有怨怼后有恩义，到底哪一个方向比较好?

这对兄妹，从此见面就当作不认识对方了。

彼此互当空气一年多以后，他走到她面前:“我们谈谈吧，难道我们之间有什么深仇大恨吗?”

她没有表情:“谈什么?”

他果然一激就怒:“你要觉得不需要谈就算了。”

他瞪着她，转头走。

他们俩又过了几年终究还是和解了，是不是真的和解，两人都不清楚，只是冷眼硬杠了许多年，都觉得要老了，两人又开始说话发短信。

在画展开幕派对的喧哗中，他们见到彼此，有一搭没一搭地说话，才知道裂痕尴尬就在那里，余恨其实也未消。

他也感觉到了，转头跟旁人爽快高谈艺术动向，她则在展出的录像作品闪闪青光中感到人世恍恍，谈太多艺术了。

大哥同几个杂志主编闲谈，又喝多了，他举起杯子寻她，她立刻拿起自己的酒杯手伸长过去碰了一下，啜了口酒她又缩回自己的呆滞之中休息。

他又直直走过来对她吼："你凭什么给我脸色看？"

她又气又哀伤，明白余恨是不可能了的，然而这些年她沧桑了，不想回嘴，她讨厌纠缠。

她浅浅吸一口气，世故温柔地拍拍他，伸手搂他的肩膀。

他手一挥："所以我说你到底是什么东西！"

经过又一次羞辱，她的情绪神奇地得到某种平衡，委屈竟然也觉得扳回一城，主要是因为她体内某种年轻的东西死了，他几次的胡闹让她终于可以不把那些不具血缘的人当亲人。因为谁都是外人了，她终于对谁都可以大器与温情，对大哥也是。后来再见面，她主动坐到他身边，他们谈圈内这一年来哪些人死了，散了，他们分别和更多不同的人结仇了。他有时候会找她，说起妻子的更年期，小儿子上了艺术大学，还有那位深恐遭到遗弃的母亲如何吸血鬼般地困扰他。

她鼓励他，要他适度运动，保重身体，他短信上说起跑去大陆发展的那些人，这半年似乎又都回台湾了。

老之将至，幸存者自有幸存者的厚道与无情。

不过她没办法谈她自己了，一方面是她的人生后来真的没什么可以谈的，她连心事好像都没有，她也觉得现在怎么也回不去那个凡事都和哥哥分享的青春情谊。她希望他过得好，但她不想跟谁好了。

锦文自己开公司后，邀请大哥合作几个项目，成为临时的工作伙伴两人倒是挺有默契，做事两人都犀利效率。她控管成本账簿，艺术界的角力场子留给男人出面。

为了赶个大型包案的会议简报，大哥晚上留在她公司与她的助理一起工作。锦文疲累，便说要出去走走顺便买杯咖啡。回办公室时她在文件柜半掩的门后，听到大哥和她的助理闲聊。大哥鼓励小女生多写点文章，累积资历，好好厚实自己的能力。

“锦文当年也是这样一步步累积起来的。她当老板很严格吧？”

“啊……”年轻女孩傻笑了起来，问老板好不好，女孩不知道该答不该答，脸红了，“锦文只是求好心切。”

“我认识锦文快二十年了，怎么会不知道她的个性，她这个人凶起来很不留情面的，我听她说过她对你之前几个案子在执行上颇有微词。”

“她是老板啊，老板就这样嘛……”小女生的叛逆被撩起来了，她做了个鬼脸小鸡似的咯咯笑，“你知道嘛。”

“没关系，要不然我帮你出气，”大哥扬起眉毛，“我等下在你面前凶锦文给你看，我是她大哥，别人不敢凶她，可我没问题的，她不敢对我怎样，我凶她给你看。”

锦文背靠着门，默默喝手上的咖啡，喝得很小心，不发出声音。她手上还拿着大哥帮她写的评论《全球化语境下的反思与生成》，等下讨论过后，还要重新校对一次制成影片。她现在走进去他们一定会疑心尴尬。

那刻她知道自己真是不气了，对艺术对父兄对朋友甚至对自己，她不一样了，她现在已经不是艺评，她也不真是艺术行政者，也不是策展人，她是业主。

她轻笑，生怕被发现，蹑着脚又走出办公室，进入大楼那层共享的长廊。

顺着长廊走到底，锦文面对窗户，继续小口小口喝咖啡，望着外头点点亮亮。她咯咯笑简直停不下来。这应该是缘分，混杂着竞争与敌视的认同，希望对方死又牵连不放。那外头的夜，不是深不见底，而是杂着一层灰蓝，对面一排排大楼顶端还有红色灯光，晕着让云朵变成粉红。

这城市从来不是万家灯火，城外真有一片月。

以前把你当女人看待的，现在把你当敌人看。时光必然在她不知道的时候，踩着促狭的脚步，施展了什么法，然而，这不过是时光的分内之事。

她看自己的手指，幻想着将指甲剪下来，往外面天空一贴，就成了不知道谁窗前的床前明月光。

08— 乳房和月亮

其实她也不是第一次在相亲场合碰到羞辱事。

她开始创业时，将主要业务放在承包公共艺术案件，当作没后路地放手一搏。决定这次要是路不通了，就彻底离开这圈子，不要留恋。

那阵子她没日没夜地工作，郁昀特别喜欢找她，两人年纪相仿，郁昀开画廊，和锦文的业务有点重叠又不太一样。郁昀本来是米亚的朋友，找米亚到她的小画廊开个展，而米亚是锦文在圈内唯一的艺术家朋友。米亚很久没办个展了，那阵子米亚想拍点新影片，画了一堆草图脚本。

米亚过五十了，每天游泳，染了头发看起来像四十不到，更年期也不太挣扎。米亚在圈内的老朋友都散了，青年时的创作伙伴有的已经靠艺术赚了大钱，养孩子买房子，定期在海内外开展览，声名大噪。而米亚如同漫游者一样，虽不是没有成就，却也不甚积极，她老说年轻时因为好胜心闯江湖，现在她常常不知道自己究竟在做什么。在岁月流沙中看着一切，只是惘然。

过去对世界有好多想说的话，现在米亚知道，把世界当听众，掌声之后大家都过自己的生活。而米亚和锦文，彼此做伴吃饭，一点都没有想对世界飙声放话的动力。

说什么都没有用，米亚说，她看过好多次艺术家朋友为了竞争与金钱计较，她也见过多次酒醉之后热血好友翻脸的糗态。老了之后大家相待以礼就好。

米亚说她学不会若无其事地和好，或者，不伤感情地分离。

米亚和郁昀规划合作个展，对郁昀颇为赞赏。说郁昀刚过三十，就从大画廊业务经理脱离，自己找到金主，独立门户开新画廊，米亚是新画廊的第三档个展。

郁昀过度丰满的胸部、红底高跟鞋及针织衫窄裙，就这样摇摇晃晃地撞进米亚与锦文这个太过朴素的友谊世界。太丰满，太喧哗，老是哭诉跟她睡觉却永远得不到的有钱男人。米亚真是个没心眼的，交心几次后米亚就没戒心很快地接纳郁昀，锦文就是对她有本能的犹豫。说不出哪里不对，锦文也觉得可能是自己本性多疑，来往是来往了，心里有所保留。

锦文每天都加班，助理先回家她就留在办公室继续工作，经常性的睡眠不足让她开始水肿，心悸与耳鸣也跟着报到。

米亚一见到锦文就数落她脸色愈来愈苍黄。郁昀什么都是夸张而富戏剧性的，一听米亚责备锦文不照顾自己身体，便说自己认识名医，是位曾经向她买画的收藏家，对方还跟她示好过，只是她看不上，她随时可以打电话要那位名医帮锦文检查身体。当然那话从没付诸行动过。

郁昀夜半打电话给她，老是哭诉，哭诉那男人对她若即若离，哭够了又突然想起什么似的，嗲声说有个收藏家最近又对她苦苦追求，追她的男人和太太最近做了次全身检查，因为是富二代不用排队，她可以请男人帮忙，帮锦文安插全身检查。锦文不置可否，知道那话说说而已。

早春时节，锦文过敏犯了，但还在办公室加班，要两个助理先走，郁昀来了电话。

“你现在来我画廊一趟吧，快来，现在，立刻，叫出租车。”郁昀比平时要娇嗔，“我不是老说要介绍好男人给你，是个上市公司副总裁，没错啦他是喜欢过我，但是我们其实比较像朋友。我们刚去吃饭，现在在我这边继续喝小酒聊天。”

“别开玩笑了，我好忙，我现在好累，脸肿得好痛。更何况哪，你那么漂亮性感，喜欢你的男人就别介绍给我了，我干干瘦瘦，不是你这种漂亮款的。”锦文忍着厌烦仍然耐着性子腻声说笑，心想赞美这傻逼两句混过就好，应该可以速速解决这通电话。

郁昀却不放过：“不不不，这男人现在不同了，他说呀，”她咯咯地笑了起来，“他现在要的是可以跟他真正聊天，内在相通，可以沟通的灵魂伴侣哪！”

“那就是你这种用脑聪明款的女人嘛！”郁昀尖声发嗲，锦文可以想象郁昀正在电话那头摇晃身体，她喜欢穿紧身上衣凸显胸部，此刻那赘肉必定随着东摇西摆。

“如果真是要介绍给我，那么改天约吧，我一定到，今天太临时了，我今天整天都在工作，脸都出油了，头发也没洗，胃也不舒服，穿一身T恤运动裤，很丑的，改天好好整理再见面。”

“没关系啦你丽质天生啦，不管不管你来啦，有好男人养你你就不需要工作成这样子啊。”

“下次吧，我手机响了，先去接，你乖乖哟。”锦文没等郁昀回答就先挂了电话。

锦文挂了电话有种遭到轻慢的不快，之前对这郁昀的怀疑又浮上心头。她甩甩头，米亚真是个实心眼的，说郁昀坏话米亚此时也不会信，不管这些了，锦文先处理手上乱七八糟的工作。

她站起身那瞬间头晕了，扶住桌子，觉得饥饿。她去茶水间泡了热可可，一小口一小口啜着，逐渐感觉到热流依序经过食道、胃、肠。

女人真烦，真烦，锦文对于这种在同性之间竞争心过重的女人，已经练就了不动声色的本事。反正这年纪男人也把她当敌人看了。

一个小时后锦文的电话又响起。

又是郁昀，锦文不耐地喂了一声，却听到电话中郁昀的声音变成颤抖的哭腔，锦文吓坏了，不知道是不是出了事。

“你来你来，你来陪我吧，我求求你。”锦文惊吓万分，直问出了什么事，是不是被欺负了。

“我觉得，我的人生真不值得活，”郁昀像是喝了酒在哭，她在电话那头哑着嗓子哭泣，“到底我哪里不好，为什么总是被这样对待？”

锦文维持着一点理性："刚刚同你一起吃饭的那位朋友呢？他不在你身边陪你吗？"

"他先走了，先回家去了。现在就我一人，锦文你来陪我好不好？"

锦文全身疼痛，听到女人这样泣诉心软鼻酸，她对郁昀再有意见，也禁不起这样的寂寞哀求。她知道寂寞是多么可怕的怪兽，她今天晚上可以暂时原谅郁昀的粗鲁肤浅，女人因为寂寞犯的错，锦文都可以原谅。

锦文吸吸鼻子，声音放柔："别难过，你等等，我收拾下手边东西，就过去陪你，别再喝了。"

锦文飞快关了电脑，关灯，锁门，招了出租车便赶往郁昀画廊，直奔接待室。锦文现在只担心这个大胸脯的脆弱女人一时想不开。

锦文倏地推开接待室的门傻愣在原地，有男人在，那男人陷坐在棕色单人皮沙发，握着红酒杯，抬头似笑非笑地望着锦文。郁昀斜倚着扶手坐在长沙发尾端，高跟鞋上光溜溜的两条长腿交错，身上黑色超短洋装因为她翘腿的关系更短了，只遮住大腿根部。原来郁昀一点都没喝醉，她见到锦文侠女一般满脸风霜地推开门，满脸娇笑，她的卧蚕把两眼挤到只剩弯弯的细缝。

锦文冷静下来才发现，郁昀今天这身行头，根本不是和普通朋友吃饭的打扮，是精心打扮过的凶器。郁昀不懂欲迎还拒的性感，她的性感从来都是尽心凸显优势，永远是紧身短裙。而今天，那裙又特别短特别紧，还有红底超高跟的鞋。郁昀还画了极深的黑眼线。

“喏喏喏亲爱的小锦文你真的来了，我最爱你最爱你了。”郁昀甩甩颈间的头发，没站起来迎接锦文，让锦文就那样傻不愣登地站着，郁昀向旁伸手抓住男人胳膊，“张大哥哪，这就是我跟你说的聪明的锦文，我刚刚跟你说的优质灵气熟女，她单身哦，她要找伴哦，她可是脑袋好得不得了，慧黠能干，解语花呢，就是你说的灵魂伴侣那款的！”

锦文顿时觉得自己可笑至极，一身穿到变形的休闲衣裤，夹脚拖鞋，浮肿疼痛，头发散乱。她和郁昀这个时候，就是帮佣的外劳与有钱人家包养的小三的对比。

那男人听到郁昀这番话反而体贴地站了起来，请锦文坐下，没露出打量锦文的眼色，还算有教养。他礼貌性地与锦文握了手，又坐回单人沙发。

郁昀带着诡笑，要锦文坐在男人对面的椅子，问锦文要不要也喝杯酒。锦文力持尊严地微笑摇头，说喝水就好。

“我去帮你倒水吗？还是，锦文你反正知道厨房在哪，你要自己去倒，那边应该还有点零食奶酪，你可以拿来吃哦。工作到这么晚，你一定又饿又累吧。”

锦文虚弱地看着这幕戏，逐渐明白郁昀做了什么，她今天晚上不想跟那男人走，她要找个比她老丑的女人来挡，这样还可以衬托自己的性感不可方物，看起来还像是我爱红娘的大方善意。

锦文自己起身去倒水。

走去走回，她肯定了这女人真是不折不扣的贱婢。那女人究竟是在糟蹋自己，还是觉得锦文软弱可欺。或者，那女人真的自以为聪明，以为锦文感受不到她的恶意。

那男人小肚微凸，戴眼镜，与郁昀说话亲昵风趣，与锦文说话虽然生疏也算和蔼。

行礼如仪客套寒暄了一阵，男人捏了郁昀的手背，轻笑说他先回去了。

“怎么样，张大哥条件很好，女人缘极佳，年纪大了点，正在谈离婚，又幽默风趣。”那男人一离开，郁昀的腰就坐直了，看起来也不太醉了，郁昀立刻换上姐妹般的积极，甜甜巧笑问锦文。

锦文只是笑，只是喝水，问郁昀今天画廊好不好，米亚的展览排定什么时候没。她们谈起美国摄影家，刚得到大奖的那位，郁昀想安排他来台湾展览，台湾第一次呢。

那晚之后，锦文仍然没事一样地面对郁昀，郁昀没事一样地继续向米亚或向锦文夜半吐苦水，泣诉感情，抱怨金主要求她的业绩。

“其实我手上有一件大画，许董说要买，都说好了，只要那三百万进来后，我这个月就可以和金主交代。”

“既然都说好了，还有什么好担心的，就等钱进来就是。”

“唉，你不知道，几个月前就说好，可是一直有点小问题。你不懂的啦。”

“我当然不懂。”

“许董都说好了，都说好了，说只要画送进他家就会汇款。”

“很好啊。”

“都说画送去他家就可以，可是，可是……”

“那就送过去呀。”

“可是，可是许董的太太，太太好像没点头画进门。”

“那就叫许董和他太太说，老公想买画，跟老婆沟通是他们的事情吧。”

“许董说好的啊，”郁昀沮丧发脾气，“明明去年年底就说好了。”

“你……是不是和许董怎样，所以他太太……”米亚问。

郁昀不说话。

“不是不是，没有啦，不是。”郁昀急了，“是误会。”

锦文担心米亚吃亏，不过这个担心没持续半年。米亚在郁昀的画廊举行个展，卖得不好，只卖了几件小作品，还是米亚的老朋友捧场的。而许董的款项那时进账，郁昀于是从布展期间就开始怠慢米亚，拆账的时候还给了米亚排头吃。

郁昀仍然时不时就打电话，问什么时候聚聚。

久了，也散了。

二〇〇八金融海啸那年，郁昀的画廊默默关门了。

09— 咪咪

明维带了一叠他刚完成的摄影与素描，他和他的朋友围着小小咖啡桌坐，上头散放烟灰缸与杯盘。锦文晚到。他在英国读书，假期回台北，共同的朋友约了聚会。第一次见面，锦文害羞认生，找不到话说，只好拿起他的摄影和素描一张张看。为了遮掩自己的局促，为了让自己看起来有事做，她看得特别慢，好像很专心地借此不参加别人的交谈。不过，她看得太慢，反而让人觉得有种爱抚这些照片的错觉。她手上的摄影画面，显微镜头一般地将毛发细孔无限放大，毛孔成了星球表面坑洞，是旋律是线条也是性的深渊。

其他两人沉默了起来，因为看她低头埋在这些摄影中，觉得逗趣，明维调侃她。她觉得有什么东西饱胀地撞击着。

朋友离席上厕所，剩下明维与锦文。锦文觉得自己应该要说点什么，但想不出来，于是又低头看他的摄影，明维就大大方方地也不说话，直直盯着锦文，盯着锦文捧着作品的手。

那个饱胀的什么，锦文更害羞了，头压得更低。

朋友回座后又与明维叙旧一番，晚上聚会就要解散。

明维开他的小车送那个朋友，锦文松了一口气，告别的时候竟然才落落大方起来，开自己的车回家。

有好一段路同方向，明维刻意和她两辆车并排开。

她惊慌了，踩油门加速超前，明维加速追上，她减速，明维也减速，玩耍似的，又像竞争。

“你们两人怎么了，玩什么？在台北街头这样飙车？”明维车上的短发女生问。

明维没说话，专心操纵手上刁蛮的红色小车。

短发女孩好像感受到了什么，不再追问，每当明维追上锦文的车，女孩就拍手欢欣叫好。

锦文心跳得飞快，油门踩下又放开，你追我跑几次，锦文找了条巷子猛地右转甩开他，松了口气。车停在路边几秒钟，她突然脸红。

“哎，你想什么？”短发女生问。

明维在赛车的高昂后，不说话，没表情，不过看起来不像是低迷。

“想锦文。”

隔了一周短发女生又约明维、锦文吃饭，还找了其他几人。

这次锦文不害羞，侃侃而谈，笑得多吃得多喝得多。

明维很早就在圈内成名了，会画会拍照，锦文并不知道这些，只感觉他犀利尖锐敏感，还有种乖张的幽默感，这让她兴奋莫名。就算没有那份让她紧张的性魅力，她仍然觉得他有趣极了。

朋友说明维换了新车，德国小车，方方正正。

锦文想起上周那辆被她甩掉的小红车，指着明维："换车了？"

明维很乐："对，还是小车。"

锦文伸出右手："钥匙拿来。"

那桌人看着锦文伸手，本来叽叽喳喳，突然静了些。

锦文也意识到自己当众撒了一个突兀的娇，但骑虎难下，手还伸着。

明维手伸进裤袋，拿出车钥匙，放在锦文手掌上。

"在外头？"她问。

他点头。他的眼睛小，卧蚕深，似笑非笑。

她站起身朝向大家点头："各位慢慢聊，我自己先出去试车逛逛。"

她裙子一翻飞就飘出了餐厅，遥控器一按，墨绿色小车叫了一声亮灯。

她兴致勃勃插进钥匙，把车门打开，正要坐进驾驶座，发现明维站在她身后。

他瘦高的影子包裹住她。

"还是我开车，载你兜兜吧。"

两人进了车，他指节隆起的细长手指操纵排挡，她又突然胆怯。

"别人在吃饭，我们两人出来兜风，不太好吧。回去吧。"锦文说。

“没关系，我们又没去多远，就转转。”

他们兜了整个晚上的风，绕着灯火通明的街转了一趟又一趟，上了高速公路，往北，上了山间小路又滑到海边，像是暗绿大鸟展翅滑翔，映在黑色的水面上。回餐厅后，那整桌人当作没事发生，继续青春无敌意气风发地吵吵闹闹，电影文学新朋旧友爱与迷惘。一桌欢腾看起来像什么都没发生过，也许是大家刻意避免尴尬，那也没关系。如果感觉像是什么都没发生，那就是什么都没有发生。锦文这么想，本来有点心虚，又开心了起来，加入这团乱闹。

那天夜里锦文开自己车回家，停好后，明维的车缓缓停在她后方。

她一定是玩傻了，没注意到他跟着她。

他下车走近：“我们要不要谈一谈？”

她口齿不清：“啊？什么？”

“我们两个之间有什么吧。”他声音低沉，眼睛蒙上一层薄薄的雾气。

她吓坏了，摇摇头，停，又摇头，像虚弱的自我辩解。

“没……”她嗫嚅着。

他盯着她，他看起来稳定，穿透力十足，不像她这么懦弱不知所措。

她呼吸，终于抬头，正视他的眼睛。

“没有。”她说。

“没有？”他问。

她想起明维去年刚结婚，她想到李翊，她看着明维，又摇了一次头。

他嘴角上扬，围绕眼睛周围的好看笑纹浮现，他伸出手，手指头点点她圆圆的出油的鼻头。

他说：“好。”

“这么晚了，送你到家门？”

“到这里就好。”她又摇头。

他潇洒地对她挥挥手，他的笑眼此后住在她脑子的一个隐蔽角落。

她想，他反正很快要走了，他会到另一个新大陆继续他的学业，他可能会继续他的学术生涯或开始他的艺术创作。他们人生会就此岔开来，他会和他的妻子走，锦文会在分开的另一边找路。

一个晚上的心心相印就好，她不想图谋配额之外的缱绻，很怕命运反扑。

她感到惆怅，以及避开大祸的安心。

像是赶一班夜间地铁，车厢门开了，明维赶上了，过明维的人生；锦文没赶上，等下一班车。她喜欢他的抒情、骄纵、敏锐、尖刻，以及什么都可以嘲弄的聪明。

有这样的才能，锦文反而无法预知未来他会坏掉还是成功，也不知道他会阴险还是正直，她知道他会富有，她希望就算他坏掉，也会在腐坏中保有一点点纯情。

车门关上那一刻，她就知道她会错过，他们不同行。

明维曾经有过一只土黄色小母狗，咪咪。

他在马祖远端的小岛上服役，住在半地下的碉堡，碉堡内只有一坪左右的空间，住三个兵。

明维是无线发报兵，马防部每半小时发文一次，无线发报兵必须在三平方米大的寝室旁的一平方米大办公室内，接收听抄马防总部发送过来的密码，并将密码转译成为信息。嘀嗒嘀嗒嘀嗒，发报兵将这些涓淙密流的密语重新整理出意义。

这些嘀嗒嘀嗒传送过来的密码都是英文字母，是一些看来根本毫无意义的组合。明维便在窄小密室中，将这些字母用密码破解转译成句子，译好交给上级。这个小小的昏暗发报室里，有套美军在第二次世界大战后留下来的半报废设备，以及一支外壳磨损的有线电话。

包括明维在内的几个无线发报兵被告知，他们所在的这个碉堡内小小密室，是承载当局重要机密情报的地方，因此这个碉堡没人可以进出，就连比他们官阶高的军官也不能进入，无线发报兵层级虽然低，但由于属性特殊，直接对军防部负责，其他单位的老兵绝对不能进入，军中督察也不能进入。只有每隔一阵子从马祖本岛直接派来的高阶军官与通讯官，才能进入抽查，确认这些发报兵是不是忠贞，是不是确实地每半小时把无人能懂的天书翻译成为关键信息。

翻译出来的信息基本上都是废话垃圾，马防部发过来的东西，他们转译过后根本不是什么机密。重点是他们是发报兵，发报兵的工作就是接收翻译密码并传送出去，因此上头就必须想些东西让他们翻译，让他们像工蜂一样持续每半小时在密室翻译一次这些符号，不管符号承载的意义是什么，重点是他们必须保持通讯畅通。

小小密室旁边他们的寝室，一共三个兵住却只有两张床，因为发报兵必须二十四小时都确保通讯管道畅通，三个兵总是处于一个人在值勤的状态。说也荒谬，发电报需要电，可他们的小小碉堡常常缺乏电力，只有每天早上六点到八点，每天晚上六点到九点这两个时段有电。

不值班的时候，明维走出小碉堡，站在碉堡外掩着碉堡的壕沟上呼吸看海。菜鸟进来后，他成为刁难菜鸟的老兵，喝酒抽烟，躺着昏睡，醒来看海，他进出昏暗的密室，叫菜鸟好好翻，好好持续进行一场他早就知道注定失效的沟通。

那些密码不通往机密，不通过去，也不向未来，上不了天，下不成俗。

就像他一样。

在小岛当兵的男丁大家都一样，喝醉的时候多，伤天害理的事也没气魄干，欺负人的坏事没断过，那些不知道哪来的恨意老是混着惆怅。

把明维关到边陲之岛小小密室之内，翻译一些根本没有意义的密码，这也合理。像他这样在学校时候就在文化精英小圈子被当作明日之星对待的年轻男人，一方面上山下海参加社会运动，一方面浑身充满亦正亦邪搞艺术创作心高气傲的优越感。明维参加学生运动的记录都在，军方把他关在偏远的小密室内度过青春两年，与世隔绝，要陷害或要阻绝都可以。与他同梯的另一位搞运动的同学，同样也分发到马祖小岛服役，不到半年就被判军法，罪及死刑，后来还是几位官员奔走，事情闹大上了媒体，才救了他的小命。

这是座海中的石头岛，形状像是倒着放的肉粽，他的小碉堡就在石头岛最上头的尖端处，那里寸草不生，而青春将芜。

明维还是菜鸟时，他的师父去岛上看狗生产，带回了咪咪。

说是师父，其实他的年纪还比明维年轻，但他带着明维进入状况，教他电报室的机器怎么用，教他密码系统怎么译。

咪咪是军犬狼狗与当地土狗交配生下的小狗，刚来的时候一双眼睛大大圆圆的，可爱又好玩，当兵的年轻男人们逗着它打发日子。咪咪长得快，半年后就可以见到它的脸像狼犬一样，却生着四条短腿。背是狼犬的黑，腹部是土狗的黄。

师父退伍后，老鸟明维成为其他人的师父，咪咪成了他的狗。他成天在坑道碉堡内进出走动，喝酒昏睡。兴致起来，他训斥菜鸟时，还叫咪咪去吠新兵。他将咪咪绑在壕沟出口，只要有人靠近，咪咪便会大声狂叫。此后他更放心去醉生梦死。

咪咪的眼睛是茶色，好圆，它的叫声好大，明维说，它很尽职。

一天喂咪咪一次，他和厨房打菜的是同梯，吃剩的菜肴或厨余他们会打包，明维每天去领，蹲下喂咪咪，他在一旁抽烟陪它吃饭。

后来他也不绑咪咪了，咪咪在壕沟碉堡可以四处走动，是他们的一员，只要张嘴一喊，它便兴高采烈地从远处奔来。

年轻士兵寂寞无事，狗养得愈来愈多。

他们的炮兵连队一共六十多人，竟然养了五十几只狗。十几个不同小碉堡寝室分布在几百米的壕沟边，三人一间五人一间，较大的也有十人一间的，宛如小小虫洞般坑坑疤疤地往地下探掘。每个小碉堡仿佛都有一只自己的狗，土狗多，还有一两只狐狸狗，各在自己的领地长大，每只狗有自己的守护区。

咪咪其实胆子小，除了叫声洪大，不太与其他狗打架。

有一个怪异的冬天晚上，没风，起大雾，雾像安静滞重的帘幕垂压。小岛一起大雾就伸手不见五指，就算用手电筒也只能模糊见到眼前十厘米的范围。

他正喝酒，听到壕沟有奇怪的骚动声，带着酒意拿起手电筒寻找骚动声音来源。

是鬼也没关系，那时候他那样觉得。

他一步一步走到壕沟那端，走到很近处才见到，咪咪在深重夜雾中，被许多只狗团团包围住。咪咪茶色圆大的眼睛张皇惊恐，明维被那可怕的狗群吓到了，但咪咪的可怜眼神以及他自己的酒意恨意突然一起发作，明维从地上捡起棍子，不顾自己生命危险地见狗就拼命狠打。那群狗，初始往后退，几度冲上前，甚至要围攻他。他狂啸怒吼中用尽力气狠打，打断了手上的木棍，又从地上捞起别的树枝继续与狗群对打。

狗散了。咪咪在旁边等他。

那夜过后，他们继续过日子。一阵子后，咪咪消失了。

他沿着壕沟上下走动四处找咪咪，平日喂养，出声叫喊就来、不时就出现在身边游荡跟随的小母狗，他找了好多天这次就是不见踪影。

他的徒弟有天跑来报告，说听见小狗声去找，发现壕沟入口处有个石头洞，里头有好几只刚出生的小狗。

明维急急走过去，咪咪正站在石洞旁，高兴又紧张地看着他。

他吩咐徒弟去厨房拿点东西来喂咪咪，但咪咪不吃，只是看着他们蹲在洞口抱抱玩玩新生的犬仔。

咪咪那一窝生了四只小狗，两只尺寸比较大的，像极了咪咪小时候的模样，圆眼睛，黑色的狼狗脸，腿短，腹部是黄色。另外两只比较小的，栗子色而短毛，比咪咪的毛更短些。

咪咪不太知道怎么喂奶，笨拙鲁钝地靠近自己的小孩却不得章法，脸上长满青春痘的年轻士兵在旁边帮助咪咪，帮不上忙的便屏息打气。那是这些男人被放逐且过早自弃的青春时光意外的柔暖喜悦。

过了几天，两只比较大的小狗，一只长得比较快，另一只死了。

两只栗子色比较小的狗，一只给其他寝室的兵带去养，另一只也死了。

那只留下来的比较像咪咪小时候的狗，又被士兵带去给岛上民家养。

经历了这一场，咪咪又回到孤身一人，回到它在石堆中游荡的命运。

明维突然发现，一岁的咪咪，一下子老了。

碉堡前掩体门口有一棵瘦弱的柠檬树，小岛风太大，那树根本长不高，能活着都是奇迹。但每年春天凤蝶都在这棵树的枝叶上产卵，不久后化成蛹，化成肥肥的绿虫爬满那树，最后才成蝶飞散而去。

明维刚到的时候，师父带他认识那棵树。他看到蝴蝶蜕变后褪下的破壳。第二年春天，师父离开了，他每天到柠檬树下观察那些卵，看着绿虫一天天肥大爬满柠檬树叶，绿虫头顶长着细致的鲜红色触角，释放出强烈的柠檬气味。

明维先前拿了个蛹到碉堡寝室放着。有天他又喝得烂醉，醒来快要正午，小小的未开的低矮窗户玻璃透进半分天光。他迷蒙张开双眼，寝室没人，只见到房间里头满布着数不清的凤蝶飞舞。那个不到三平方米大、高不及一米八的半地下小房间，空气正在细细碎碎地神秘颤动。他从上铺翻身下床，从桌上摸了眼镜戴上。他的肩头、手臂、脸庞都飞上这些充满白色复杂华丽斑点原始图腾的大型黑色蝴蝶，轻轻重、重重轻地飞着点着覆上他的身体。

桌上的电报机、啤酒空罐、倒下的杯子、室友扔下的内衣，全被这些纹满美丽到令人恐惧、无从解读信息的生物覆盖。

他迟疑了好一阵子，摇晃拖着脚步，将寝室的小门打开，让外面的空气灌入。

他让满室凤蝶飞出，还有那么一两只停在里头不走。

咪咪离开明维四处游荡的时间愈来愈长，那双圆大的茶色眼睛常常失神空茫，咪咪变得愈来愈瘦。明维叫它来，像以前那样逗它，它偶尔会突然回神尽责任似的玩两下，随即又失神，不太理明维。

明维注意到咪咪的毛大量脱落，剩下的些许小短毛变得粗粗的。

咪咪愈来愈瘦，身上的毛愈来愈少。他知道咪咪生病了。

凤蝶孵化的时节是四至五月，明维还有不到一百天退伍。他每天早醉晚醉，醒着的几个小时他唯一挂念的，即是去买药回来帮咪咪擦。咪咪讨厌死那个药，而那药的确一点效用也没有。

明维退伍前一周，指挥部推动一项大型的灭狗计划。

小岛上的狗实在太多，有人管没人管的都多，上头认为狗儿浪费过多本来属于人的资源与粮食，要军人准备好，即将展开大规模扑杀。

他不知道该怎么办，他就要离开这个小岛，咪咪生病丑陋而痴呆，这样下去，没有人会照顾它，送到民家也不会有人要，咪咪一定是首先被扑杀的对象。

他觉得这样不是办法，叫手下趁公出时用军用卡车把咪咪载到远方山顶的水库附近放生，水库旁是垃圾堆，他想咪咪应该还能找到东西吃。

那地方连人要过去都不简单，明维一边喝一边想，应该从此就与咪咪分别了，将来各过各的日子。

菜鸟回来报告任务达成，明维让他坐下来一起喝酒。

五分钟后咪咪自己回来了，脚上还拖着先前捆绑它的铁链，出现在他面前。

他看着咪咪，开始哭泣，在菜鸟面前哭得眼泪鼻涕糊成一团。

咪咪，你要我怎么办，你要我怎么办？

他痛哭流涕问眼前光秃秃又瘦又歪的咪咪。

他还是喝酒，每天醉醺醺。夜刚降临时他起床走出寝室去尿尿，尿完看见咪咪。

他走回去，正要进碉堡时在门口地上看到一只木棍，他弯腰捞起木棍，回头去找咪咪。

咪咪，他唤。咪咪立刻出现，瞪着圆圆眼睛看他，露出很久没见的纯真。

明维手举起棍一棒敲击咪咪额头的正中央。

咪咪惨叫，倒了下去。

明维屏住气息等着。

倒下的咪咪没死，摇摇晃晃站起来，又跌下去，又缓慢用短腿撑起皮肤病的斑疮身体。

咪咪才刚要站稳，明维又一棍猛击，打歪它的前腿。

咪咪还要站起，明维又打它，它要站起，他又打它，他一直打一直打，边哭边打，打到后来力气弱了准头失了还是猛打，咪咪眼球凸出掉落，整个身体瘫软散落在地上。

明维叫徒弟过来，将满身是血的咪咪拖到碉堡屋顶上方，那里有根电报用的天线杆，他要徒弟将咪咪绑在那边。

他回到寝室内，继续喝酒，醉昏了于是忘记了这件事。

第二天黄昏他醒来，想起昨晚，刷牙洗脸后，他穿了上衣，爬到平常根本没人上去的碉堡屋顶。

他感到愧疚却又万分解脱，走近电线杆。

咪咪竟然还活着。

那只狗全身根本不能动弹，却还勉力想对明维摇尾巴。

他突然变得清醒冷静迅速，呼喊菜鸟将野战步兵用的电报机搬上碉堡屋顶。

那种电报机有天线，以几个电池串联发电。明维要菜鸟用电报机的电线将咪咪吊起来，一头绑在咪咪后脚，一头塞进咪咪口中。

他一声令下，机器通电瞬间，咪咪立刻死亡。

他非常确认这次它死了，明维说，他看到咪咪脱粪。

10—— 贝露莎

那天下午，锦文又看到苹果绿套装的戴安娜，高大身影上了码头边的渡轮，她的身边环绕着许多穿黑西装的保镖。

戴安娜那样高大，不能再多了，再多一点点都会让戴安娜看起来像金刚芭比扮装皇后，从这么远的地方看她，远处看不到她带着的脆弱讨好特质的优雅。

锦文于是背着包包在古都闲逛，这几天看腻了叛逆嘶吼的当代艺术，她于是到学院美术馆看教堂三联屏，耶稣与玛利亚、马槽诞生的圣婴故事。回旅店的时候，她经过石板路上，看到一具无头的鸽尸，灰色的羽毛上光泽未逝。锦文蹲下来研究鸽尸，颈部伤口没溅出什么血，她因此推测鸽子是死后头才掉落，也许尸体遭猫狗咬断的。

戴安娜与女孩的相遇，是《创世记》里米开朗基罗壁画中上帝与凡人的手指相接，还有史蒂文·斯皮尔伯格电影中E.T.与小孩的手指相接。那是外星人的波长传送，时空坐标轴线的短暂异位，藏了一份试图传达什么秘密的渴望。

戴安娜挑选了锦文传送专属外星人的密码吗？那么迪妮则一

见钟情似的选择了王菲作为自己的投射与转移，王菲是迪妮自己选择的，陪她度过平庸人生的私密朋友。

锦文和迪妮是九〇年代天真富裕社会的典型产物，她们的人生只有过度工作与大量消费，她们用这两件事探索身体与心智的能耐。那个人类从类比走向数位的关键年代，艺术圈的女孩们仍然在美术馆玩耍，拎着新买的包包，装着B.B.Call这个黑色小盒子，在人类历史的转折痕迹上踏踏而过。

锦文与迪妮推门走进东区的小咖啡馆，强烈的冷气袭来，咖啡厅一桌桌满满都是人，全是早上去号子蹲点看盘，点数涨了欢腾吃午餐，下午进画廊花钱买画的人，他们的午茶时间续谈股市行情。男男女女，激昂兴奋，锦文和迪妮觉得钱真是好事，钱让这么多人快乐，让人学习优雅，让人觉得未来有希望。

“全台北不用上班的人原来这么多啊，我还以为只有我们这圈子的人不上班不打卡。”锦文喃喃回头对迪妮说，“为什么在台湾大家都可以不用上班又很有钱呢？”

“别小看这些好像每天闲闲喝咖啡的叔叔阿姨，他们说不定上午出了号子下午就订了一百万的画回家挂着哩。”

一桌客人起身，她们连忙赶去坐了下来。

锦文放下包包，扭动颈肩，从包包翻出刚刚看过的个展画册，重新检视一次刚刚几件她特别在意的作品，从小内袋翻出彩色便利贴，在那几件作品上一页页做注记。迪妮从化妆室回座，拢好了刚刚散落的头发。两杯维也纳咖啡上桌，锦文连忙收起画册笔记，堆放在脚下IL BISONTE的短筒皮靴提袋旁边。

锦文喜欢迪妮，迪妮丰胸细腰美臀，双眼明媚，好多小画家邀她当模特儿。锦文平胸扁身，四肢细长，眼睛永远蒙蒙的像没睡醒。迪妮充满自信，这点让锦文相处起来很轻松，因为自信的人眼里装满了自己，没有别人，锦文就不会感受到被人审视偷窥的压迫感。这两个女孩只要适度处理好她们还不太会控制的竞争心，应该就可以当很久的朋友。迪妮在意美貌与魅力的比较，锦文对她突如其来的竞争一律退让，因为锦文不喜欢女生欺负女生，那时候她太年轻，没发现她那种自以为凡事退让的态度，在别人眼里反而更像是种骄傲。

她们俩刚刚去看了展览，经过因为兴建地铁老是吵吵闹闹的忠孝东路，买了皮靴，还去试穿Polo牛仔裤，车斜纹，显瘦长。

迪妮拿了小号试穿，裤头太紧，她赌气不肯试穿中号，出了穿衣间。

锦文顺手接过迪妮刚刚试穿的牛仔裤，指着试衣间门问："如果你不介意的话……"

迪妮耸肩叫锦文去试试无妨。

几分钟后锦文穿着那条牛仔裤走出来，迪妮从鼻孔哼出："怎么可能我穿不下的裤子你竟穿得下！"

迪妮戳锦文的背，转头不理她。锦文故意晃着那条牛仔裤去刷卡，顺手又拿了一件紫色的线衫。

迪妮顺手敲了她的后脑勺一下。

消费与物质带领女孩探索自我的疆界与历史的形状，至少在那时候，女孩是这样摸索出自己与世界的关系的。女孩也相信，台湾刚变得自由富裕民主，未来只会更自由、更富裕、更民主，大家只要顺着前人起了头的康庄大道走下去，就会茁壮健康。到处都是运动，解构什么冲撞什么，体制一点也不可怕，阶级打乱了，性别松动了，这世上的所有疆界已经模糊，整个地球同步地喷射机般地，将以线性往前。而他们这一代正好承接这个风起云涌、躁动浮夸而处处生机的世界。

冰甜的奶油混着热烫苦涩的咖啡，用舌头卷着，吞进喉咙。

“刚刚那个画家也敢说这是新作品吗，不过是二十世纪前三十年所有绘画形式的拼盘而已，不过，这种东西学者喜欢吧，作为艺术史社会学的插画，这种文章最好写。”锦文叨念。

她高傲地翻阅那些精装发亮的铜版纸画册，觉得俗气，把那些花大钱印出来的画册嫌恶地推到一边，宣判：“没才气就不要这么执着，可怜印画册的树了。”

“那人下个月画廊还要推他当香港博览会的主角，说他是充满在地批判性与国际化接受度的哩，你管那么多，不干你的事啊。”

迪妮把蛋糕推到锦文面前：“帮我吃。”

“哎呀……”迪妮又把随身听也推到锦文面前，指给她看CD，闭起眼睛如梦似幻倾吐，“这是王菲，我觉得我就像王菲。”

“谁？”

锦文看CD上的女人相片，理了平头，大眼，唇线画得比原来的薄唇丰厚。但锦文看到迪妮脸上庄严而欣喜的表情，相当吃惊。

迪妮指着那个平头大眼的女人照片：“她是我的心，别人不懂的那部分。”

李翊带锦文去买香槟色小海豚，因为缺货，多跑了两家店，选了门号，她正式成为手机时代的成员，他们喜滋滋地成为历史上绝无仅有的一批孩子。几年后锦文包里的宝物成了智能手机，她便忘了曾经有过的黑色小盒子、香槟色小海豚。

网络是自由民主平等的具体实践，随同着国际化的浪潮，亚洲城市与欧洲城市享有同样脉动，没什么东西是这里有而那里没有的，身体在律动中，城市也在律动中，他们觉得自己不仅是台湾人，还是国际人世界公民。西班牙策展人颂斯宣称“The Sky is Unlimited”，网络的无边无际，跨边界是王道，今后再也没有国家民族、年纪人种、历史传承的边界，艺术不分类型，那才是真正的丰富自由。要什么，就伸手拿什么。

全球化的五彩泡泡，天下大同，电子音乐的迷幻，对锦文来说未来是个充满消费气息的乌托邦。他们当时谁也没想到不到十年后网络泡沫化，股市震荡，亚洲金融风暴让画廊关了一波，网络泡沫化又有画廊倒闭。他们当时也没想到，全球化主义盛极之后，地域性贸易的反动兴起，他们也不知道金融资本主义会把他们的中年哀矜搞得面目全非。

全球化，世界大同，巴黎伦敦东京威尼斯哥本哈根，当代艺术的串联，她是艺术人，地球人，是宇宙人，乘着翅膀飞翔，天下无敌。

秋天下午，同样喝维也纳咖啡，迪妮戴着耳机听王菲，穿粉红缎面洋装，高跟包鞋，上了大卷的头发披在肩上。迪妮的神情从单纯变得复杂，自恋而惆怅，然而那却让她美了，让她原本的活泼倾向沉静哀愁，仿佛迪妮原本单纯的心房，生出了不同向度的隔间，使得哀愁找到空间进驻，人生就要成熟复杂。

迪妮刚订婚，男人半小时后来接她，说是要去看木栅一栋房子。

迪妮告诉她，前天他们去看男人的祖母，祖母送未来孙媳妇一套金链子和翡翠戒指当结婚礼物。

爱情的憧憬好似淡红色流质，在她身边流淌。

这时她又说起王菲："王菲和我一样，都是无法和人吵架的人，生气反而口拙，回不了嘴的。就算被误解了，我们也说不出话。我们都是情感丰富却无法好好表达的人。你知道好多次我被办公室那些人气坏了，牙齿咬到痛了，却还是什么都说不出口。"

"唔。"锦文审视着即将成为新娘的迪妮的脸，长长的睫毛影子在脸上成为两道弧形。丰润饱满的下巴，预言着美好的晚年生活，子孙满堂。王菲是清的孤的，迪妮是厚的浓的福气的，口拙是真的，但本质上是莽撞好胜的。

"讨厌，你还是不听王菲对不对。"迪妮拿出起司饼干，送进锦文的嘴巴。

锦文猜想迪妮此刻正在学习如何成为更成熟的女人，像是妻子。

迪妮向玻璃窗外望:“他快到了。”

迪妮开始收拾桌上的杂物，继续哼着王菲。

白色的BMW停下，迪妮起身奔出，走之前把王菲的CD塞给锦文:“你听一下，不听就还我。”

迪妮浑圆臀部包裹在新嫁娘气息的粉红洋装中，发达的小腿肌肉随着跑步一抓一抓收缩。

锦文在咖啡厅门口，朝着这对未来夫妻的车屁股挥挥手。

白色BMW向前驶去，车尾逐渐变成小点，锦文突然有种她和迪妮此后天涯两隔地欲泪。

尽管，岛屿仍富裕，女孩仍然金灿，她就是不知为何，有份哀愁的预感。

锦文小时候最喜欢贝露莎。

贝露莎有茂盛的长卷头发，矮小天真，贝露莎有变身的超能力，总在世界发生危难时，旋转身体，念一串神奇咒语，突然变成长手长脚高挑时尚的大姐姐。贝露莎神奇地扭转乾坤，挽救人类的危机，改变了世界。一场场人类根本还无从察觉的大灾难，就在时间与时间的缝隙中，贝露莎悄悄化解。

贝露莎瞬间又从大姐姐变身回复三头身不懂世事的小甜心。

如果时光机真的存在，锦文这么想，未来的贝露莎回头拯救了年幼的贝露莎及她的时代。

锦文找到日本漫画《美少女战士》的月野兔，《超时空要塞》的林明美，《新世纪福音战士》的绫波丽。这些女孩拥有纤细易折的腰肢，清秀细致的面孔，却都有双与她们脆弱脸蛋极不相称的，具备发达强健肌肉的大腿。

当地球发生危机，邪恶势力与外星异族企图摧毁人类最后一丝命脉，是这些看似孱弱、被男子视为性目标而一无是处的晶莹女孩，摇身一变成为战士，捍卫人类的存续，让地球生存的命脉能在随时可能毁灭虚无的宇宙中得以延续。是林明美那风花雪月靡靡之音的流行歌曲，维系了爱与和平的气息。是美少女战士，让青山绿水无恙，让泥土依然芬芳。没人知道，歌舞升平、车马兴隆、男人在纸醉金迷侃侃而谈江湖多灾尔虞我诈之时，是这些平时一点也不起眼的美少女战士挺身而出，拯救了全人类。

她们是银河之女，宇宙传奇。

锦文背着她的墨绿色普拉达双肩尼龙背包，走过一家一家画廊，看遍一座一座美术馆，搜集未来人类文件似的奔忙。迪妮换过冰晶白、烟雨绿的眼影，恋爱结婚而后持家，风风火火。

那个时代，台北街头，全是美少女战士。

王菲和窦唯结婚那年，迪妮与BMW男结婚。婚礼上迪妮将捧花丢向未出嫁的女性朋友，一群穿着粉嫩小洋装的美妙女生群集在新娘身后，等着接捧花。锦文坐在位子上不动，不肯上前，迪妮丢捧花之前张望了一下，见到锦文屁股粘在椅子上不肯动，伸手招她，要她也加入抢捧花的女孩。锦文只是笑，摇摇头。

王菲生下窦靖童那年，迪妮生下女儿，英文名取作费丝。

连李翊都赞美迪妮是他见过最美的孕妇。迪妮除了腹部隆起，手脚脸都没发胖，皮肤益发光亮，买了水蓝色碎花长洋装当作孕妇装，丝毫没有荷尔蒙失调导致的皮肤问题。即将为人母，她的脸上开始出现谨慎意味的圣洁光辉。

费丝出生后，别人带着婴儿服装、教育玩具去看新母亲。锦文买了一整套瘦身油与按摩霜送去。

费丝四岁的时候，迪妮突然问锦文是否曾经听过那个传言，说她在怀孕时挺着大肚子跑到丈夫办公室，打了传说中丈夫外遇的女同事，还向丈夫的上司哭闹。

“没有。”

“真的？”

“嗯。没有。”

“这样。”迪妮浅浅笑着。

瘦长的王菲光脚在演唱会舞台跳跃，轻唱千言万语，不知道为了什么，忧愁它围绕着我，我每天都在祈祷，快赶走爱的寂寞。王菲的眼泪流出，混融了青色蓝色的眼影眼线，化成一条脏黑的河流，流下她的脸颊。

王菲私下穿着工作裤与运动鞋在机场出现，迪妮与丈夫去香港旅游，照片中也穿着宽松运动裤与运动鞋。她追随了偶像那阵子偏爱的运动风，屏弃了过往凸显曲线玲珑的小公主风。

王菲离婚后，和小她十一岁的谢霆锋牵手走出兰桂坊酒吧。锦文冷眼看着迪妮，会不会在这个关卡与王菲道别，因为迪妮不可能追随王菲的人生轨道，不管是选择离婚或是选择与小十一岁的男人相恋。

谢霆锋到台北拍戏，王菲到台湾会情郎，在片场附近的饭店房间拿望远镜痴望爱人。王菲那天戴复古大墨镜，着桃红衬衫、七分小喇叭牛仔裤与中式绣花拖鞋。迪妮走遍来来饭店地下一楼的台湾本土产品商店与爱群商场，选了一双乳白绣淡黄粉紫亮片的拖鞋，穿上七分刷色牛仔小喇叭。

谢霆锋在曼谷私会张柏芝，王菲不发一语，把自己关在房里音乐开得大声。

迪妮垂着双眼，眼观鼻鼻观心，心事重重。她对锦文幽幽诉说："我们没有什么好回应的，没有什么必须对这世界解释的。"

BMW男认为男人最好的工作是独当一面当老板，女人最好的工作是秘书，如果是个行事利落气质娟秀会说英文的秘书，那更好。

迪妮辞掉艺术杂志编辑的工作，她本来就对艺术不热衷，只是因缘际会地觉得艺术还算有趣，便这么做了几年。她转到报社当影剧记者，跑流行音乐，还离王菲又近了些。

她告诉锦文的时候，锦文不吭声，迪妮又看到锦文不以为然的骄傲。

"做影剧没有什么不好，我一直喜欢这个，我其实讨厌态度高傲又故弄玄虚的艺术界。”

锦文还是不吭声，把冰甜的鲜奶油卷进咖啡里头。

“那个比艺术好太多了，”迪妮也不高兴了，“真小人比伪君子好多了。”

锦文沉吟：“那个，倒是。”

锦文老想穿Romeo Gigli的衣服，围颈大领，郁金香泡泡裙，垂肩挂膀，如立体建筑般缠绕全身。那是文艺复兴混着庞克，那是天鹅绒与锦绣珠串，金棕蜜橘宝蓝翠绿，那是刷白的脸色与重黑的唇色，那是文艺复兴女神，同时也是街头的流浪儿。那时一个策展人姐姐常和她的艺术家男友去买这个牌子。男友和别的女生睡觉的时候，姐姐就在手上烫烟疤，那许多烟疤平常盖在Romeo Gigli的袖子内。锦文喜欢归喜欢，穿上身并不适合，因为她的身体扁薄，撑不起来豪华气势。

那时候艺术圈人喜欢穿三宅一生，身体线条隐藏在密密皱褶里面，移动的时候像个立体雕塑。可画廊经理胖胖的身体和小丸子头穿三宅一生，活像个移动中的灯笼。锦文买了灰色三宅一生长裤，配运动T恤开襟毛衣与匡威球鞋，她自己乐得很，觉得很有混搭巧思，画廊经理过来拍她，问她干嘛买这么贵的衣服却乱穿好可惜。画廊经理后来在二十一世纪的第七年自杀，烧炭，锦文记得她死前一个月，还曾说过电波拉皮比买保养品划算。

新婚不久BMW男买了一个酒红色的山本耀司后背包给迪

妮，利落优雅的线条让人痴醉。迪妮天天背那包，穿什么都显格调，因为每天背，包包塞了杂物笔记围巾零食，喝咖啡时有时候就放地上洒脱不羁。锦文恋物，看那个山本耀司包包鼓胀得快要爆开，问迪妮怎么舍得拿这样高雅的包包每天塞杂物。

迪妮笑："你怎么和我老公一样，说买了好包要珍惜，偶尔背，哪有人当作日常工作包。"

"那可不。"

"不对，正因为这包比别的包贵十倍，并且比别的包包精细耐用，我更应该每天用，让他花的每一分钱都确实使用到，而不是觉得贵就放在柜子里，偶尔用，那钱不是白花了不值得。"

锦文大笑，觉得自己是穷人脑，好东西舍不得用，怕坏掉怕失去怕匮乏，有囤积的倾向，迪妮是贵妇精明脑，懂得让每一分钱都发挥它应有的效益。

山本耀司在法式的简雅礼服上画了一朵日本和式的宝蓝色花朵，神秘绝美得让整个欧洲惊叹。日本设计师在整个九〇年代为欧洲注入东方风潮，川久保玲三宅一生高田贤三，东方热席卷全球，艺术界是日本热后接着中国热。简约低调是富裕的象征，台北街头一如纽约巴黎街头，全是瘦长冷淡一身黑的行人。还有来自小国伟大的安特卫普六君子，他们击败时尚主流。充满未来感的Helmut Lang，冷静雍容的Jil Sander，普拉达用尼龙取代了皮革。

简约说得最多。锦文将大波浪长发剪掉，换成男孩般的短发，她平胸无腰的扁薄身材，盼来了自己的鼎盛时代。细致毛料灰黑一字肩洋装，皮夹克牛仔长裙，细长四肢深红唇色，是男也是女，超越了这世界泾渭分明的理解。

那个年代时尚的主要概念就是反时尚。八〇年代女人做假垫肩假腰线，西装成套的power dressing被艺术家摧毁，也将挤胸束腰、刻意制造女性化线条的威权摧毁。平胸单眼皮女性的自尊有超能力，男人也不兴肌肉勃发。这世上最美的莫过于拥有男性魅力的女人，以及拥有女性魅力的男人。东方与西方杂交、街头与伸展台混杂。艺术家的解放，辉煌的概念性设计，是那一灿烂经济高峰中崛起的荣光。设计师反设计，时尚人反时尚。

锦文因为伤心离开艺术界的年纪，不再买衣买包的时候，搭着公交车游魂似的在台北流浪，完全没注意到，时尚集团以庞大资本默默吞食掉那些锦文曾经爱慕仰望的花朵。集团收购再收购，将反叛精神的设计师品牌并购进入旗下，大量生产，大量送到全世界的每一个角落。锦文没有想过，执迷的国际化成为魔咒，原本孽子们幻想的天下一家是多元共荣，资本先行的国际化则让天下一家以标准化与单一化规格化出现。台北东京巴黎纽约马德里的专柜上买一模一样的包，这个城市那个城市等于被同一个集团收购。富人沾沾自喜，在金融资本温水煮青蛙的凌迟中，我们平头而不平等。

设计师退出了自己创办的品牌，就代表了那个品牌已死。山本耀司在一段访问中说，艺术家这个角色应该抵抗现实、打破现实，他不时问他自己究竟是个艺术家还是时尚设计师？

一个年代过去了，身体还在沸腾，世界却已失焦。

他问自己还要继续创作吗：我该如何结束，我该停在哪里收手？

“要是我不肯卖给时尚大集团，我的东西就上不了柜，失去与顾客见面的管道，也卖不到国际。”

他苦涩地说：“可是卖给了他们，我就得开始做包包……”

在短暂金光未褪之际，这世界就飞快地容不下任何有自尊的人了。

股市指数要到九○年末才第二次爬上了万点。类比走到了数码，PC的平价化造成供应链上所有厂商都赚足了钱，在一波洗尽所有的倒闭潮后，存活下来的画商对着电子新贵谄媚痴笑，而二十一世纪初的网络股票泡沫化，又让艺术品从这群人流到另一批人手中。艺术圈的人这才警醒，曾在解严后欣欣向荣的台湾地区市场，只是一股包裹在国际化泡泡中的内向式在地式的本土欢乐庆典。世纪末中国大开大合地誓言另辟艺术论述主流，中国艺术家成为欧美论述的新宠后，台湾地区画市又在新世纪微量复兴。画商们这次细声细语提醒自己，这波兴盛是依附大陆热潮而起，于是悄悄在北京上海置产，不是扩张而是买未来的保险，谁也不敢如十年前的自大傲慢。

二十世纪的最后十年，李翊、明维还有整批立志闯荡江湖的艺术之子，去伦敦去纽约；二十一世纪的前十年，活下来的中年人、后生的叛逆艺术新秀，去上海去北京。

而锦文，只是站在台北，一直在街头。

这个岛屿终究不如女孩青春盼望的，线性地奔向光亮，时间以曲线凸镜式跳跃，嘲弄了他们当时乐天的期待。

锦文记得有家短暂出现过的小画廊，画廊老板夫妇平易亲切，甚至带点土气，与那些动辄晚宴家居豪宅的大画廊老板不同。这对小夫妇的品位同样也是平易而带点土气的：前辈画家走红的时候他们沾了点边，抽象大卖的时候他们也做了几档展览，勉力跟着风潮走，没有揭示性的勇敢品位，也许是没有足够深的口袋，只能孜孜兢兢地跟着大钱流动的方向，抓住尾巴赚点钱。

这对夫妇生了一个出问题的小婴儿，婴儿的脸平扁，两眼间距太开，常常推着婴儿车在东区的小公园散步。

锦文有一次和朋友在通化夜市卖日本料理的摊贩点完菜，才发现邻桌坐的是这对夫妇。这对夫妇平凡无奇，不像多数艺术圈人士的招摇，倒像是刚下班在疲惫中吃快速晚餐的上班族夫妻。夫妇两人用完餐，笑嘻嘻和锦文打了招呼离去，锦文付钱时才知道他们帮自己这桌买了单。

画廊倒闭潮中，锦文听说这对夫妻的小画廊关门，两人不知去向。

几年后她听说两人在台中东山再起，不到一年又音讯全无。

幸福总是突如其来的，你无从预期它降临的偶然。

而关于哀愁，那长长长长的预感，通常都是正确的。

车到圆山站，没有人，整个世界在寒流中找过节的求欢，往东的车向满满是人，而锦文反其道走。

锦文记得很清楚，二十年前那天下午，徐锦文站在东区216巷与忠孝东路口，那里有整片电视墙（那时我们仍执迷于看电视而非网络影片），成日播放MV或影片，年轻人喜欢约在那边集合，背后映着荧光闪烁的嘶吼乐手画面。那天锦文很疲倦，太多艺术品，太多文人，太多口说无凭的感动，太多精致而不接地的前卫笔触与论述评论。她走出那栋集聚二十多家画廊的蜂巢式建筑，摇摇欲坠，便立在那面电视墙前。

静静地。那时，万物正在颓圮的前夕，仍然富足而缤纷喧哗，没有人闻得出死亡将踏出它干燥的大脚，即将以迅雷之势席卷包覆这城市。

锦文靠着骑楼柱子，走不动，也不知要走到哪，仿佛暂时栖息的鸟。

那壮盛浩大的电视墙，整面几十台的奇异荧光，那天下午播放年轻的惠特妮·休斯顿的演唱会实况。她的双颊还盈润，细肩带的正红色合身礼服，修长细致的手臂颈脖。她的声音还留着福音音乐的痕迹，她不知自己的华美声音如同滑动的身体穿着丝滑丰厚的丝绒，那时她可以不矫作地攀高顿跌，爱情再虐心的剧情也能够因为她的纯美年轻变成宗教一般直通上帝。她唱歌的时候眉心轻蹙不知道是性还是爱的疼痛，她的眼睛紧闭，细细汗珠镶嵌在额头，神经质甜稚而性感。

我们仅有一点偷来的时间，如果没有你，这世界上我什么都没有，我怎会知道你真的爱我，你做了什么我不必细看，我不愿意去任何你不在的地方。

惠特妮可能不知道自己正在招摇：纯真与俗气糅合的身体，神圣与粗鄙的欲望同时传送，那些东西不均匀地揉在她的声音她的身体与表情里，而因为是神选的，因为是从她里头掏出来的，那天下午以及多年之后亦然，锦文除了心碎没有别的回应。

红色细肩带与棕色皮肤的惠特妮。

以及那天静静站在电视墙前看着演唱会反复重播满脸是眼泪的锦文。

当锦文回想起她的九〇年代，那个她人生的转折点，为了让自己好过，锦文喜欢这么想，那天下午惠特妮其实早就告诉过她，人生从来不会走到盛极而衰，是朝露张在荷叶星盘上，朝生甚且走不至暮死。

锦文领受神谕般地体悟，不是神选的，除了心横别无他法存活。

11— 勇士们

秋天到冬天，女人们身边走了许多人。

三十九岁的女艺术家与艺术系主任，同时准备两个个展，在工作室猝死。

四十二岁的女艺评人暨学者，癌症。

五十一岁的男艺术家，癌症。

六十岁的男艺术家，癌症。

米亚问锦文正在准备的机场公共艺术竞标案准备得怎么样，“有没有希望？听说这个案子金大，竞争激烈，大家都出动了，还一直传说早有内定。”

锦文的公司和其他竞争者比起来只是个缺乏经验的小公司。

“我知道啊，就算这样，还是得试啊。”锦文说，“现在头洗到一半了，能做多少算多少，不成也就当作员工操兵练习。”

“我现在很胆小，如果抬头看很远的未来，就会觉得视线模糊，手脚发软，连眼前的事情都没有力气。我现在只能看眼前三步远，告诉自己一次往前走三步就好，半年之内标得到案子、手上的几件艺术品卖得掉，就是多撑了半年。”

服务生来点菜，她们几个女人迅速地点了几道常吃的菜，要了煲汤与几份点心，晚餐大家有共识地怕油怕腻。

“要去砸了老吴的屋顶吗？”晓珊笑闹，底子却是苦酸的，头上新剪的厚刘海衬着大眼睛挺好看的，来前才刚叮嘱美编结完下一期杂志的稿子，“说是过了十月中对方就会主动表白，说这是正缘哪。”

“老吴说，前提是你不可以主动，你不主动对方才会主动，对方主动了你就等着披婚纱。”米亚讥她。

“我哪有主动？我什么也没做，我很少喜欢一个人却什么都没做。”

“你喝酒后打了电话，你打了电话和他调情，你暗示他你老是示好他却什么也没行动，你对他有女友这件事情感到愤怒……”锦文背书似的连串念着说她。

“那不算，那只是言语，那不是主动。”

“好吧，什么时候要烧了老吴屋顶？我也要去，我刚好被美术馆这些争功诿过还有艺术界这些了不起的学者搞到上火。”美伦迟到，屁股刚沾到椅子就附和晓珊，“我们一起去放火吧！”

美伦怒了：“美术馆的小官做的也是艺术行政，艺术行政就是伺候艺术家帮他们打杂，要钱要人我都要给，外人眼里说你好棒做文化事业做美的行业，不知道我们就是优雅的奴婢。”

“我们在座的不都是艺术界打杂的吗？都是做长工的。漂漂亮亮地出展览，人家赚金钱我们赚薪水。”晓珊说，“我从来没觉得自己半点输给那些搞创作的，不管是论程度还是对艺术的热爱，或是我的智商我的才华，就因为我不是艺术家我就要伺候他们，为什么？”

“这个生态系的分配就是这样嘛，不是艺术家不是收藏家，还要进这圈子，就是分到贱婢这角色，起码你还自觉是贱婢，多得是不知道的梦幻少女飞蛾扑火要来这圈子。”

“不一定当贱婢，也还有缪斯这样角色可以演呀。”

“缪斯的下场比奴婢好吗？”

“今天又怎么了吗？”米亚问美伦。

“我办的那个双年展不是找了老法当策展人吗，结果今天上午艺术学院的教授带着年轻学者来，还带着市议员办公室主任，说了要办研习营放进双年展，说上头已经有默契点头了，还硬是要我把那个年轻学者一同挂上双年展协同策展人的名号。”美伦的脸气愤变形，“整个展览照程序走，他们找市议员要硬插挂名，凭什么？”

“他怎么敢？”大家惊呼，“你没答应吧？”

“我当然没答应，还拿出手机录音，就放在他们眼前明摆着录音。”

“你好带种啊。”

“他们也气坏了吧？”

“当场他们就翻脸要我别嚣张，骂我不识好歹。”

“混账东西，学者、策展人是吧，平常写文章骂人都一副自己是正义代言人的样子，做出来的事情就这肮脏样！”

“美伦，但他们一定会想办法整死你的……”晓珊提醒。

“整死我我豁出去了，人家以为搞艺术的都是自由的灵魂什么鬼，根本跟外面没两样，不就是金钱跟权力支配所有而已，搞学术的更糟，自古以来知识与权力就是相互喂哺的狗屎。”

锦文气得喝光了茶，“我看那些有钱人艺术家的脸色，接点案子做点小生意，我纳税啊，这些浑蛋这样用我的钱。”

女人闷声先猛吃了一堆，气半退了却茫茫然。

“我昨天梦到了贞君。”晓珊幽幽说，“奇怪我跟她不熟的，告别式也因为出差没能去，却梦到她。”

晓珊说，那么瘦小的女人，拼了命搞研究做展览的，一个生怕别人不喜欢她，拼了命要用成就说服别人自己值得爱的女人，说话声音那样娇柔其实好强好面子的女人。

贞君癌末住院时谁也不给看，身边只有住院后信了主的兄弟姐妹与院内志工像真正的家人一样照顾。

“那个男人真的到最后都没去看她吗？”

“不知道，那男人现在是学界的当红角色，正义的化身，开口就是后殖民台湾史的什么鬼。”

“哼。”

米亚是贞君唯一肯见的圈内人。米亚突然接到贞君电话，要她去医院看她，那时她已经住进安宁病房，时而昏迷时而清醒。

米亚命带魁罡，比谁刚正也比谁都心软，连忙准备一件自己刚做好的新作品要带到病房送给贞君当礼物，想为她打气。她在白色画布上绣满金色银色的放射状细密线条，放射的中心像某种音乐的泉源，那是米亚那阵子转型做的新系列，用女工针绣织出海浪、云朵以及各式各样都市生活记录与她的梦境。

白色底纯美，金银线闪耀，米亚想着，要带给贞君光灿希望。

那画布没裱，米亚卷起来手握着就赶到医院，教会志工领米亚进入病房，贞君昏睡着。

米亚站着看病床上的她，犹豫要不要放下礼物改天再来。

贞君却缓缓睁开了眼。

“我带了礼物给你。”米亚爽朗大剌剌地张开画布给贞君看，“我最新的作品。”

金银色的放射状绣线展开，虚弱的贞君竟呜呀呀地用她分岔虚弱的声音叫喊了起来，还试图用她插了针管的右手要去挡脸，那叫喊听起来啊啊呀呀的像是鸦鸣。

贞君摆头摇晃狂乱嚷着：“这么快，怎么这么快，这么快怎么就来了……怎么……”

米亚吓坏了，原本坐在病房斜角沙发的志工连忙起身过来按住贞君，米亚尴尬地拿着画布，松垮地垂着，脸蛋涨红，退了两步，觉得自己引起了灾难。

志工握着贞君的手，喃喃说着安抚的话，贞君艰难地大力吸喘，逐渐平稳，似乎又陷入昏迷。

几个月后，罹癌男艺术家躺在病床上，前几天还牵挂着自己还有好多作品的计划没做，此时已经舒缓地准备走向另一个世界。那张曾经迷死多少女人的脸，现在只有一层薄薄的皮肤包裹着骨骼，大眼睛镶嵌在其中，还是晶亮。疼痛万分，屎尿失禁，妻子亲人都陪伴在身边。

米亚问他："你怕不怕？"

"不怕，"他静静地艰难地吐露，"我一直在想死亡是怎么一回事，我幻想，就像以前看的电影那样，那是一条通道，尽头有光，我只要朝着那光亮走过去就好。"

米亚后来才想通，那天贞君看到她的金银绣线画布惊恐呼喊，是昏乱中误以为要启程了，那条传说中的白色通道，尽头有光，必须朝着它走过去。

米亚吞下半个叉烧酥，指指晓珊："你八成还在为情所困所以梦见贞君。"

"总之要放火烧了老吴的屋顶。"

锦文说，老吴算事业倒是准，上次南部一个案子，改来改去，光艺术家人选就搞不定，稍微有名气的那几个人让她吃尽排头，一再刁难，老吴要她别放弃，过了一月十七就好转，果然就是那天来了电话说她的案子成了。

锦文右手拿筷子送了口烧鸭入口，左手去摸晓珊的衣领，想知道料子好不好。

"这件不错。"

"不对，谁说今天这整桌都是艺术界的贱婢，都是穿着漂亮衣服骗圈外人的，米亚你不是，你老跟我们一鼻孔出气让我都给忘了，”美伦说，“米亚你不是奴婢，你是艺术家。”

“哼，我更糟，他们说我是女艺术家。”

几天后米亚发了封信给锦文，是一个图档，一张米亚三十二岁时摄影师男友为她拍的裸照。

短发中性气质的米亚，长年宽松的衣服里头，包裹着的其实是极其华美丰润、充满古典女性美的胴体。

倒挂白笋一般的丰满乳房庄严地呼吸，乳尖渴望什么似的微微翘起仰望，结实平滑的腹部肌肉，中间凹陷滑落成细致幽深的椭圆形肚脐。

那张裸照是米亚的颈部到下腹之间的距离，锦文受到圣灵召唤般地震撼屏息，锦文从没想过那不成材的摄影师拍下这宗教一般的美丽身体。

青春的时候，也许都听过神的召唤。

米亚在更年期后爱上一个退伍军人，米亚说，年轻时疯狂恋爱，生死狂澜，却到白发爬上鬓角后，她终于知道被疼爱是什么感觉。

米亚在一个夜里告诉锦文：“性是好的，当你确认的时候，身体会知道。”

锦文问：“性是好的吗，现在？”

米亚说：“嗯，性是好的，我第一次这么觉得，我希望有一天你也会明白。”

12—戳进去

离开这圈子一阵子后，她问自己那个问题：是不是嫉妒？

是她原以为以反叛与自由之梦筑成的艺术国度，其实和其他地方的阶级势利并没有两样，导致她孩子气的幻想破灭受伤，因此头也不回；还是，出自对创作者的嫉妒？

锦文害怕的是，她的心底其实压抑着强烈的创造性欲望，却始终无法展现，因此多接近那些艺术家一些，她心里那份被剥夺的愤怒就多了一分？

她离这些人愈近，无法自我实现的绝望感又深了一些，长期下来累积的自我厌恶已经让她濒临崩溃。

那么，为什么自己那份创造性的欲望无法实践？她严厉地质问自己：是因为命运的捉弄，阴错阳差，有人被放到创作者的位置，有人被放到服务者的位置，乃至于有人注定创造艺术，有人注定供养艺术？

这是命中注定的吗，命中注定就必然不可逆转吗？如果是宿命，平庸者亦可成为造物者国王，而她自己，以及那些艺术国度成千上万的热心蝼蚁，即便心比天高，就注定要被时光冲刷如沙砾，默默消失？

她简直行刑似的拷问自己：是不是自己的意识底层，懦弱胆怯，本能回避伴随创造而来的无助与焦虑，恐惧自己无能承担那份建构新事物必然相随的不确定性的恐慌与挫折。因此她本能找了一条便宜的路，一条相对简单的路，她不创造，借由服务创造者而介入创造的过程，让自己以这种间接的路子成为创造的一部分。创造太折磨，依附创作者也许不用直接面对灾难，就像，那些艺术家的妻子；就像，那些收藏家。

想献身给艺术之光，却无路可去，于是献身给艺术的代理人，绕路而行。经由献身、侍奉、辅助，介入并参与了艺术创造，获得打了折的虚荣与满足心，以及风险较低的挫折感。

锦文觉得恐惧，她的人生，不可能只是廉价平庸的牺牲，但过去她究竟献身给了什么？是艺术，是艺术家，还是令她胃部不断抽搐的自欺？

说穿了，也没有离不离开这圈子的问题。锦文下了决心不出去活动，一段时间这圈子自然而然就与她断了关系，她的消失其实无人发现，永远有更新鲜更热情的年轻人渴望成为献身的童女。

她还记得，那个红极一时的写实画家，开着他的捷豹和朋友炫耀，带着全家由北往南去环岛旅行，顺便一路收账，从北收到南。他后来当上了美术馆馆长，还对媒体发布，献身艺术是背负人类原罪的承担。有天夜里他喝酒开车，雨中和另一辆车擦撞，他下了捷豹，发现对方整车是比他年轻的汉子，他便立刻鞠躬，坦承是自己的错，把自己的手机号码留给对方，声明犯错一定会承担。那些年轻人看馆长斯文诚恳有礼，不找警察也不为难。次日馆长接到昨夜年轻人打来电话谈维修赔偿，只冷冷说“你根本没有证据”把电话挂上。

年轻的时候景气好的时候画廊老板约了KTV玩乐，收藏家艺术主编媒体记者这些大哥大姐都邀了。锦文穿白色直筒的短洋装，夹脚凉鞋，在昏黄的KTV包厢中，唱唱跳跳，完全没意识到洋装太薄，透过灯光晃照，她两条大腿的形状与内裤的边线明显。

人家怕她尴尬也不说穿，只是笑，有人补了句，唱歌好风光也好。

锦文老犯这种蠢病。

老博物馆长邀了学者艺评和来访的大陆文化官员团聚会，非正式的轻松茶会，在荷花池畔，风吹悠悠。锦文穿宝蓝紧身裤，听官方场面话来往几回，就闪了神。醒了过来后，她决心先走。她尽是年轻后辈礼数地微微鞠躬，敦厚地报告还有会议必须先离开，一一握手道别后，锦文一站起身，整桌官员安静了下来。

锦文的经血流得到处都是，她坐的白色塑胶椅中央的凹陷处，已经淹成红色池塘。

她既惊吓又羞愧，却没有道歉，仿佛根本没看到后面那红色小池塘，昂然缓慢地走开，力持脚步平稳，走到门口，她看到自己的下半身被大量经血染得湿透。她这时偷偷回头，看到一个工作人员搬着那张脏污积血的白色塑胶椅，脸色凝重小跑步往馆内走。而那桌人，好像又开始会谈了，她离得远，什么都没听到。

她软弱着急地把包包里的丝巾取出，一层层围住下半身，招了出租车到最近的百货公司。她买了卫生棉及宽松长裤，在厕所里擦擦弄弄，大腿臀部都沾了半干腥味的血迹。她整理了一番，看着那条被经血污染大半的宝蓝色紧身裤，折叠起来，用层层卫生纸包住放进纸袋。

回家后她发现身上新买的宽裤又染了经血，这次是细细地沾在裤裆处。不知哪来这么多经血，她洗了澡，又换新的卫生棉，倒在沙发上觉得虚弱。

昨天锦文提早到画廊，早到也无妨，个展开幕反正大家来来去去，她觉得提早到场先和老人家打声招呼，可以避开人潮先离开。老画家名气大，等下时间到了肯定要接待各方来客。照理说她现在的角色尴尬，做案子卖作品也打算张罗一个小小艺术空间，一般来说同行很少去彼此场子走动。不过她和这家大型画廊的老板是旧识，年轻时期往来频繁，一度姐妹相称。锦文离开这圈子又回来，竟成了半个同行，去人家的场子，早点到早点走倒好。她以前特别喜欢这位老画家，老画家到台湾那晚同她打了电话，她一定要来见个面才行。

她早到，展场没有人，只有摄影师正在架脚架拍摄展览作品，老画家也不在展场。幽荧之光均匀地平抚着那些大型抽象画作，画作的质感处理得像瓷器，青色颜料龟裂细纹中透着淡赭红色。锦文微笑，艺术性与装饰性都到了，学术与市场都说得过去，这是任何画廊都梦寐以求的类型。

她走了一整圈，还是没有人。

锦文到柜台请教短发有苹果肌的女孩，想和老画家、画廊老板打声招呼，不知道他们什么时候会到场。她简洁解释自己必须提早离开，抱歉早到失礼。

苹果肌女孩请她等，又使用对讲机说了什么锦文听不清楚，之后女孩领锦文搭了室内电梯上楼，原来楼上是贵宾室。老画家与画廊主人都在那边，以及整室忙碌的工作人员，忙着布置铺排细致白色长巾的餐桌，上头还有花束、发亮的银色餐具。

锦文不解，也不知道自己闯进了什么，愣了一下。

老画家与画廊女主人正在交谈，奇怪是两人抬头看见锦文，也不来见面，两人继续讨论，神情严肃。锦文只好定定站在门口等，不好走动，毕竟整场忙乱。

她忽然明白自己闯入了什么：这些灿烂丰美的花束、整套银餐具、水晶酒杯、洁白餐巾与古董餐桌、外烩长台，还有餐桌旁酒红色皮沙发，这是他们为了招待企业家等级的高级客户专设的餐宴。收藏老画家作品的一级有钱人，在傍晚的开幕结束后，便乘着电梯进入专属贵宾室，有资格与老画家一同晚餐，那些一般等级的、普通观众是没有机会进场的。

难怪这般大费周章，难怪老画家正在谨慎了解宾客背景。

她这是闯入的寒酸外来者了。

锦文这样静静地又站了一会儿，老画家与画廊主人谈得差不多，终于起身向锦文走来。没有锦文原先预期的拥抱，锦文在慌张中端出世故对画家说恭喜，又说自己刚刚去欣赏了整个展览，老画家了不起，创作力旺盛，又一次创造出崭新的系列杰作。

电话里头那样热情，见到面却是温的，老画家温雅地笑，锦文也分不清楚老人家是有心事还是不开心。他也谢谢锦文到场。

锦文一口气说完整套职业性的颂词后，觉得局促难安，掩饰自己唐突似的就要走，老画家点头，先进去休息，一旁似笑非笑的画廊主人，过来搂锦文的肩，陪她走到电梯口。

画廊女主人比锦文高半个头，她放开锦文的肩，斜睨什么地，不发一语打量锦文，从上到下看一轮，从下到上看一轮，不看锦文的脸，只在锦文一身薰衣草色大衣上来回。

锦文开始冒冷汗。

“怎么样啊，听说你现在不错哦。”

锦文忍着，不回答，也学她嘴笑眼不笑只说：“老人家这次展出一定很成功。”

画廊主人与锦文便都不说话，两人盯着电梯数字上升，锦文觉得画廊主人眼里，她像个穷亲戚，或者像个企业间谍，因为被逮到了硬生生被护送出场。

局外人，那感觉原来这么多年还在，锦文扭头想放松肩颈。

她决定脱离艺术圈那年，三十二岁就觉得自己非常老了，每天早上没有起床的意义。拒绝了几次邀稿与策展，她还没成气候，此后手机便没再响过。她最好的朋友是巷子口的便利店，那里永远灯明洁净，她有时半夜也不换穿了几天的睡衣，套上运动外套就到那，柜台值夜班的大男生和她聊天，她谎称自己在学院当研究助理。她买汽水薯片，就坐在店里吃，大男生有时拿煮太久卖不掉的茶叶蛋请她吃，她笑着接过，那棕褐色蛋壳的裂纹也像陶瓷表面的纹路，比较粗廉的那种。

这世界并不需要她，她伤心地想，她那样渴望仰望过的艺术世界，缺她一个游魂照样闪耀发光。

百无聊赖的日子，一天她竟接到电话，以前邀她做展览的一个基金会总监打过来，说基金会迁了新址，晚上举办开幕派对，要她一定去。

“都是文化圈艺术圈的老朋友，你一定都熟。”

她胆怯，被一整年的无所事事磨得惊惶的心，歪曲地扭动跳着。她有点好奇，有点感激这份友善，竟然还有人记得她。

她翻开衣柜，从下午就开始准备，好久没化妆，没剪指甲，她从洗澡开始。

派对上似乎都是她见过却又叫不出名字的脸，没人注意她也没人跟她说话。每个人都有自己的位子，一小群一小群地围着聊天嬉笑。锦文从下午就紧绷的心情更加焦虑，拿宴会上的酒喝。喝了还是想喝，她又喝了一杯。

她开始在宴会中走动，保持微笑，一小圈一小圈的人们只是朝她瞟了一眼，又继续聊他们的。她感到不安，觉得格格不入，打不进去任何小圈子。

有次她听到一群人在说正在举行的大展，怎样前卫如何富批判性，她试着插嘴，她说完大家却默不搭声，另起一个话题，谈一个备受看好的新秀。

锦文又从服务生手中拿杯酒，趁着拿酒的片刻回头转身，离开了那个小圈圈，喝了一口，走到另一个小团体。她听见女人说周末丈夫要在家中请客，大陆旅美策展人和几个艺术家都会到，女人问另一个女人要不要一起来。锦文揣测这应该是艺术家眷属的小圈圈。

锦文的脚步漂浮，觉得每个人都有自己一小国的朋友，都有属于他们的笑话或秘密，落单的仿佛只有她一人。她试着听别人说话，觉得有缝隙的就试着插进一小句，不过仿佛所有的人都不怎么喜欢陌生人插进来打扰。

她觉得这里的人很快就要在别人背后品头论足，弥漫着狡猾令人不安的气氛。

她又喝了一杯，再一杯。

她喝多了，想坐下来，不过却走到女厕，摇摇晃晃。她看到女厕地板上坐着两个中年男人拿着酒杯，正畅快聊天，还脱了鞋子。

她扶撑着瓷砖墙壁，认出这两个中年男人是作家与政治评论家。两个中年男人见到锦文的狼狈失态，微笑友善地告诉她，走错厕所没关系，喝醉也可以先坐下来和他们聊聊。

锦文摇摇头，开了男厕小间的门，就在那边尿尿，尿完了她避免踩到那两个中年男人的四条长腿，晃着走出去。

有位子了，锦文坐下来。

锦文突然睁开眼睛，发现自己坐在餐桌前的椅子上，眼前一桌一桌杯盘狼藉，而这宴会场内竟然完全没有人。黯淡灯光中，只有她一个人，连服务生都消失不见。

宴会结束了吗，没人叫醒酒醉的她，全都散了吗？

锦文满怀羞耻感地站起来，穿过一桌又一桌，这才往旁边看到玻璃门外，原来还有不少人在。是那些聊得开心还不愿散去的人们，端着酒杯移到户外大露台，他们在夜色栏杆旁，继续下半夜的阔论言欢。

他们那边的音乐还在轻声唱着。

她恍惚晕眩中想起，自己刚刚好像对着身边的学者，语焉不详却大声地怒骂着“我对你太失望”之类的话，然后，就记不起来然后了。

隔着整室欢宴的遗迹，她望着室外的人们。

只有她一个人被遗落在这边。

她低头检查了斜背的小包包，还在身上，她下了楼梯，走出大楼，打开小包包检查身上的零钱，刚好足够车资。她立在街头，等夜间疾驶过视线的第一辆出租车出现。

锦文记得在欧洲一个仓库改装的密室中看过布鲁斯·瑙曼的影片《Poke in the eye》，整个暗室就一面墙，映着老年男性布满皱纹的巨大单眼。影片以非常慢的速度播放，老男人用他的食指戳进自己的眼睛，深深戳进去，他的眼睛因手指戳入本能地紧紧地闭了起来，眼皮包覆着手指，然而那手指还继续往内戳。

影片以极慢的速度播放，逼迫观者直视眼睛被戳入的不舒服与恐惧与眼皮的自我保护，肉体的恶心与恐惧一齐发动，然而你仍然被迫直视那令人痛苦的入侵。

锦文躺在床上，两天前妇科医生说她提早更年，吃女性荷尔蒙顶多吃两三年，继续吃罹患乳癌的风险太高。锦文也不难过，无恃无靠都不怕了，无后算什么。明天去台中，要提醒助理出发前先去接提案的艺术家。

她盯着天花板，眼里浮出画面，是远古的视肉，那个在蛮荒沼泽之地诞生，全身就只长一颗眼球的视肉。那个飘游人世，精活灵动，喜形色，食华光，贪看交媾，立志游于天下名山巨石的生物体。

她的手指往上伸，愈探愈长，直直伸进天花板，戳进视肉巨大的单眼，那视肉赖以存在的巨大单眼。

那眼，血丝骤生，就要爆裂。

锦文睡着了。眼睛闭着又不是真的闭着。她想起来，却起不来。

她听见渗水的声音，滴滴淙淙，水从四方墙壁渗了进来。

但她只是躺在床上，眼睛张不开，她知道水位逐渐升高，水声细细续续愈来愈急促。

她听见男人的低音："淹水，起来，淹水了，起来吧。"

那声音好好听，她还想多听一会儿。

锦文终于张开眼睛，从梦魅中坐起身。她想起来了，那好听的低音很像明维的声音。

13— 晴天卡拉斯

是音乐唤醒她的，戏剧性富渲染力的咏叹调，骄傲又愚蠢的漂亮女高音。因为是这样被唤醒的，她还没真醒就先笑了，眼睛半张，星期日的上午连尘埃都带着金黄色。

亚伦走进房，站在小音响前，笑吟吟看她。

她又把头放回枕头，“以后都用音乐叫我起床？”

“这种方式不错吧，公主殿下。”他说，“每天都是卡拉斯？”

锦文滚动，把脸埋进枕头中细细哀号，“不要不要……”

“晴天卡拉斯，雨天罗斯托波维奇。”锦文说。

“殿下，你口味很一般嘛。”

“对。”

“好。阴天呢？”

“阴天什么都别了。阴天，我们沉默。”

那是她人生最接近婚姻的一次，最接近普通生活的一次。

他在她的住处看到与她纤细女性化的外表完全相反的样子，

简直吓了一跳。这女人像艺术品一样，往哪里一站周遭就散发出一种神经质而缠绵的气息，她连斥责着什么的时候，也在严肃中带着点自嘲而优雅的神情。但他进了她的家，只是空荡荡的一片，巨大的浴缸旁边堆着用完没丢的沐浴乳空瓶，衣柜乱塞爆满，不但没有家具，也没有冰箱，电视机前的矮桌散放着可乐罐和干皱的橘子，还有两三个乱丢的垫子当作坐处。

一个女人怎么会外表这么细丽，人生却过得这么粗糙草率。

她蓬乱着头发在家里走来走去，时常因为太懒惰宁愿挨饿也不出门觅食。他常常在夜里醒来，发现她正在客厅，目光炯炯地盯着电视上的灵异算命节目津津有味看着，捧着不知道什么时候弄来的薯片急促咀嚼。她那扁瘦的身体、拉长的脖子以及发出精光张大的眼睛，像极了饿鬼道来的魂魄。

亚伦看到锦文在夜间贪婪地将垃圾食物一片片往嘴里猛塞，搞不清楚眼前这女人，偷偷揣测她是不是有什么地方在他们相遇之前就碰坏了。作为人的部分他感到哀伤，想拉她回正常人的世界；作为男人的部分他感到愤怒嫌恶，眼前的怎么会是他爱慕多年的女神——而她还把他推得远远的，只活在她自己的世界里。

这个时候锦文常常正眼也不看他："你先睡，不要管我。"

她每天无所事事地晃，原以为离开那个艺术圈，她会感受到自由解放，结果不是如此。无业，受骗，失去希望，她感到背叛与掏空的愤怒，孤独不堪。她不断告诉自己，艺术圈的每个人对社会的贡献不如一个水电工，靠嘴与脸皮横行无阻。

那身心的虚浮飘荡让她觉得自己与世界认知的时间感、承受度都产生了严重落差，她十分渴望实实在在落地，踏踏实实在路上行走，收束自己迫切想要诉说什么、追寻什么导致丑态百出的冲撞。她此时想当个清秀美丽、教养良好的辅助者，最好成为一个妻子或是一个母亲。

没有人比亚伦更合适，更何况他爱她。

他们共同认识的人都说："每个人都知道他从很年轻的时候就爱你，只有你不知道。"

这下子她连虚荣心也满足了。

他住进来后很快朝小夫妻温馨家居的模型改造她的住处，买来众多配备。他装上淡蓝底粉彩小花的落地窗帘，买进微波炉、整套锅具、书桌书柜、绿色盆栽、冷气机、除湿机，还有金属花纹的长镜、双人座靛蓝沙发和几何图形的靠垫。他换新床垫，铺上淡绿格纹的床组被套，客厅与房间角落都摆上暖黄光的小灯与立灯。

她从记忆库里搜寻检索他可能早就爱着她的痕迹。

多年前她有次开车误进小巷，旁边尽是小贩与涌动的学生，她开得很慢以避开左钻右动的人。一个奇妙的微小空当出现，她小小加速，油门刚踩却发现有人拍打她的车窗，还跟着她的车一直跑。她吓坏了，以为出了什么事自己撞到什么，惊愕中停车还不太敢摇下车窗，那男人还继续拍她的车窗。

她认命地摇下车窗，看到一张年轻白皙英俊的脸，浓眉大眼。她觉得面善却想不起来是谁，那年轻男人笑得灿烂开心地喊她名字。

尘埃落定归位，她认出亚伦。

他说他当兵休假，路上见到她开车，便一路追着她跑。

“因为好久不见你。”

她对这意外的热情感到迷惘，讶异又尴尬。

她才要说话，后面来车狂按喇叭。

亚伦不等她回话又轻轻地拍她的车：“我们一定会再见面的，你先开走，挡路了。”

她挥挥手，踩油门，逃离那困惑。

多年后她在朋友经营的小酒馆里遇到亚伦，几年间亚伦换了几个女友，锦文也换了几个男友。两人见面只是点头招呼与短短的寒暄，看不出来他有什么特殊的情愫。

两人各自在这里进进出出，维持浅尝即止的客套谈话，次数多了，她觉得这年轻男人令人不悦，他有一种防备性的小心翼翼。那里的常客混熟了彼此都爽快地聊天，亚伦却维持打量什么的疏远，这种保持距离好像是对她伸出的友谊之手加以拒绝。

有天她坐窗边位子，他与朋友看电影前先来这里坐坐，边喝啤酒边看转播球赛。时间差不多，他结账要走。

她不知为什么突然慌张，或者，突然产生恶意。他走到门口时，她突然提高音量，她的问题清清楚楚穿过酒馆的人群：“听说你以前喜欢我，你现在不喜欢我了吗？”

他停住正要转开门把的手，不可置信地回头望她，扬起眉毛。

他回头，想说什么又收住，吸气，他对着一脸挑衅打算蛮干的她，坚定说：“你坏透了，这也不公平。”

她有点傻住，骑虎难下，但刻意冷冷笑，因为他的哀伤与他的一本正经。

她不回嘴，默不吭声赌上了，瞪着他。

他也瞪着她，食指指着她：“你等着。”

他开门和他朋友离开。

之后好一阵子她有种做贼似的心虚，他却没事似的，在小酒馆不期而遇时，他寒暄完却不离开，坐她身边一起看球赛，多谈但是不深谈。他说起白天工作累，家里的生意还有客户会议时差等，他忙着送往迎来。

有天锦文烫完头发，天冷的晚间，她拨了亚伦的电话。

但他电话那头似乎不意外。

“我刚烫完头发。”她说，“烫了五个小时，坐得好痛好累。”

“好看吗？”

“烫直，现在的头发薄薄扁扁贴在头皮上，看起来就像蒙娜·丽莎。”

他爆笑声停了后问她：“吃过晚餐了吗？”

“你要出门看真人版蒙娜·丽莎吗？”

“晚点，我正忙，你先吃晚餐。晚点我找你。”

那天夜半，亚伦提着一袋吃食出现在她家门口。

从那天起他就没离开过她家。

第二天他说要回家回办公室处理事情，结果下午又来了，说要带她吃饭。下楼她看到他停在路边的是奔驰，火冒上来。

“我说，你以后若要常来找我，不要开这东西来。我住在这种旧社区，连进口车都少有，你这样我会很困扰。”

“那么要换成哪一种车，你觉得开到你这个社区是合适的？”

“我不知道，但反正我不想看到这种东西出现。”

他几天后开了一辆旧的黑色丰田来。

“这样可以吗？”

“嗯，这样很好。”锦文这才挽起他的胳膊。

她问他喜欢她到什么程度，他说，喜欢到想结婚的程度。

“这种程度？”

“嗯，这种程度。”

若不是她讨厌他的身体，她成为富裕人家幸福主妇过日常生活的心愿早就达成了。那是她小时候梦想过的那种日子：绿色的庭院草皮，白净奔跑的孩子，摆放花束与骨瓷的餐桌，牵女儿的手去上幼儿园。

亚伦那男人喜欢上谁就要结婚，导致他恋爱谈得辛苦，愈辛苦他得失心就愈重。他一喜欢上什么就废寝忘食，百般压抑自己的情绪起伏，想要用各种概念中的美妙方法去取悦对方，一得不到心目中预期的回应又患得患失。

他大学时候喜欢一个女孩，每天固定接送，来往了一阵子后女孩开始疏远。女孩告诉他，周末要回嘉义老家，不能和他见面。他周六当天搭了火车到嘉义乡下，等在女孩家门前。一直等到半夜，他看见女孩和前男友手牵手进门，才明白是怎么回事。

夜里已经没车回台北了，他躺在草丛中仰望星空，觉得委屈心酸，过往为了讨好而压抑的澎湃情绪跑出来，他开始愤怒，开始轻视这个女孩本质肤浅粗糙。天一亮亚伦便徒步走到火车站，搭了早班车回台北。

一年后他与同班同学相恋，两人好了一阵子，女孩却告诉他毕业后要到英国，学校都申请好了。亚伦辗转反侧，向女孩求婚，女孩告诉他，会结婚的，等她回来后结婚。

他约了身边所有朋友帮忙，要朋友邀女孩到山上庭园走走，不可透露秘密。他早早在山上湖边准备好花束、灯光与红毯。女孩到的时候，音乐响起，他送上戒指，牵手踩着红毯，走向两位见证人站着的台前，他规划了一个简单温馨的婚礼。

女孩到了现场愣了一下，为这样的痴心诚意感动，同时也因这样的压迫害怕得想拔腿就跑。女孩看着那张英俊执拗又疯狂的脸，当场没发作，反而展开了笑容。女孩收了戒指，当众交换了亲吻。

那女孩下山后反复难安，不断焦虑先前山上那个仪式到底算不算得上法律生效的婚礼。不到一个月，女孩提早启程，去了英国，立刻断了与亚伦的联系。

两年后女孩回来，参加大学同学会，看到了亚伦。女孩掩饰尴尬似的大方与亚伦握手，见到亚伦的表情冷漠高傲却又几度欲言又止，女孩刻意大剌剌很四海地说："你……该不会到现在仍然以为那天是当真的吧。"

他受到打击，以后绝口不提山顶上的小婚礼。

他思慕自己理想中的伴侣，相信自己经历的这些情感挫折，只是人生必经的误认。他理想中的灵魂伴侣，对美有独特的感受性，具备老式教养又同时带有独特叛逆的个人特质。然后他与她会一起走完人生，闪闪发光。

亚伦要的与锦文要的，结果应该没有什么不同，尽管出发的缘由可能不同，但结论是他们都想过中产阶级富裕品位的人生。漂漂亮亮的，为人称羡的，不要流太多汗水的，带点反叛色彩的，让他们享受特权的同时还可以奚落点什么旧体制。

他留下来那晚，她第一次见到他的身体，暗暗赞叹美丽如黄金少年，如同希腊神话中的水仙神祇。他想要拯救心爱女人，疗愈对方伤口，但那男人却疗愈不了自己，总在爱人身上找理想的自己。

亚伦少年时当过救生员与儿童游泳教练，全家移民美国后他在教会担任少年讲经班的导师。随着父母经营生意的变化，他们又搬回台湾。他大学毕业后也曾去大企业上班，不想靠父母家业，他从上班第一天就深受长官期待，早早被看上要未来当精英对待。但亚伦很快地发现，在大企业当上班族，就算月薪再高也只是高报酬的长工。他想清楚后，回家向父母道歉恳谈，辞职回到自家公司当小老板。

那一阵子他突然不喜欢自己的美式英文腔调，上网找了英国首相布莱尔的演讲影片学习。

他告诉锦文，天蓝色是贵族的颜色，要简单要质感好，他对锦文身上还留着先前从前卫艺术圈留下来的痕迹，那种乖张的穿衣取向配色逻辑有点意见。

慢慢来，他觉得自己可以照顾锦文，疗愈她，他认为她的本质是清幽高雅的，只是先前走错路的经验让锦文迷失受挫，他会用爱将她导正。

他教锦文汇率是怎么一回事："金钱是一大群总在奔跑的小矮人，你头沾枕闭上眼睛熟睡后，这一群一群的小矮人，便飞快地从这个国家跑到另一个国家，你醒来之后，钱已经从那里跑到这里了，这就是外汇的道理。"

"我这一生都不要碰艺术圈的东西了，绝对不要。那里的人都是骗子。"锦文想起什么就发狠似的跟他这么说。

"像你这样的女人，本来就不应该到那种圈子去，你之前只是走错了，回来就好。”

亚伦说：“你这样的人，是精品，是少见的，是高贵的，本来就值得男人用高档的方式对待。”

她听到这话反而害怕地颤抖：“我是高档的，所以要用高档的方式对待我？”

“当然。”

“那么，在男人眼中不是精品的女人，不是高档的，就用低档的方式对待她们？”

“人的互动对应本来就是这样子。但反正你是高级的，精致的，本来就应该被精致地对待。”

他总是宠爱万分地对处在崩溃边缘丧失自信的锦文说：“你要打起精神，重振活力，你有比别人更多的才华，你值得过更好的生活，值得更好的成就。你若自己不想去挣，就待在我身边，你在我身边我觉得这世上没有我做不到的事。”

她听了既安慰又哀伤。她眼里的自己是落败的，是被发着蒙蒙诱人光晕的艺术圈所排拒在外的。她希望被爱，希望被毫无保留毫无条件地认同接受，不是因为她是有才华或者高档次的女人。

亚伦有点不安，他发现锦文嘴里骂艺术圈的种种不是，还是偷偷去翻阅那些艺术资料。他默默观察，锦文感兴趣的那些东西是艺术吗？艺术不应该是美好精致的吗？艺术不是关于生命中的愉悦精细、人性高贵优美的部分吗？

可是，锦文专注的，是那些一点也不美丽高贵、一点也不和谐优雅的东西。锦文感兴趣的是畸零古怪的影片图像，是马戏团的侏儒怪诞的嬉闹性交，是畜生脸与婴儿身的混种，他们还彼此攻击，简直像地狱图一样。亚伦看到，锦文盯着这些阴暗鬼魅、荧光张狂的作品，眼睛就开始发亮。锦文还拿着一个女人整形几十次的行为资料，眼睛泛泪。但她又生怕自己的兴奋会被发现，默默将那些东西放回抽屉，把电脑关上。

那就是锦文心里的好艺术吗，那只是走偏锋、哗众取宠的表演吧。

他觉得，艺术应是美好的，可以令人忘却尘埃，静默而发出芬芳。锦文着迷的却都不是那种，都令他反感。

有一次锦文随着Nick Cave & The Bad Seeds的音乐开始摇头晃脑时，亚伦压抑已久的不满稍微爆发了："你是真正觉得这音乐好，还是因为其他搞艺术的都说这好，你就刻意跟着听也刻意说这东西好？"

锦文看到他眼里一闪而逝的优越感与不屑，想攻击却赶紧收住了嘴。她下巴抬高，眼神睥睨，嘴角缓缓上扬，用更挑衅更具优越感的眼神回敬他。

这会不会是他们真正的差异之所在呢？

亚伦觉得艺术是最精巧最优雅的，锦文觉得艺术这东西，是往人性最底层最暗处去挖，才能通到最高处接往最上头的旨意。亚伦觉得世上美好之物，如艺术、如知识，都带有贵族性质，自古以来这些人类心智的宝藏，本来就只有那些在精神、经济上都有余裕的人才有能力去探索，那本来就是属于顶级的、少少的人所有的。锦文却根深蒂固地相信，艺术是收容整个宇宙的孤魂野鬼、孤独无依者的处所，那里是灵魂平等相依、终至融合成为一体的地方。

锦文这才发现，她自己可以随意辱骂艺术圈之薄幸下流浅薄，然而她由不得眼前这个男人看不起她的艺术。

她吞了口水，吞回自己的眼神，把音响插上耳机，漠然地向亚伦笑笑，转头背对他。

她觉得自己不能发作，不要为艺术这种伤透她心的东西毁坏自己的良缘，那是个爱她的男人，那是要提供给她现世安稳、婚姻保障的人。

若不是她那么憎恨他的身体就好了，若是她喜欢他的身体，一切都会顺利，她就会直通美满庭园、干净优雅的家居生活了。

她在性交过后总是全身警戒地（甚至比性交过程中更为警戒）假装自己因放松疲惫而入睡。他也是，全身戒备却假装放松，观察她的放松是真的还是演出来的，要等到她入睡，才满意地放松自己进入睡眠。

他这种监视偷窥似的探查，让她愤恨不平，她知道这不是出自体贴，他只是疑心她在性这事上是否习惯性地掩饰欺瞒，就像他先前能够花很长时间来观察前女友们是否真心爱他。他曾说过，有成就的人都有延迟享乐的才能，都能等待，他们可以花很长的时间观察猎物是否就范，而不是冲动地将它们立刻纳入行囊。

她装睡，缩起身体，对他在背后的监视目光仿佛毫无反应。骗过他，等他入睡后，她就偷偷起身，蹑手蹑脚地滑下床，离开房间，躲进厕所，锁好门。那时候她的委屈、自怜与愤怒及下体的疼痛混成一体，疯狂冲击心脏与自尊。她有种被强暴的自我厌恶与恨意，但这是她自找的，是她自己决定要卖身给生活，这又不是真正的强暴，只是卖身。她这样提醒自己，但那股被胁迫的委屈与憎恨，却怎么样也好不了。

她蜷着身体蹲在马桶旁的地板上哑声干号，又生怕自己哭出声音会惊醒男人，那就难以解释了。

她捏自己的腿，咬自己的手，发出枯槁老妇憎恨天地不仁的呜咽。

她觉得自己坏透了也坏掉了。她恨死他了，恨他竟然老想碰她。难道他们不能过着圣诞卡片描绘的那种幸福生活，难道不能终其一生干爽地相亲相爱就好，难道不能一生避免这些体液汗液交换的脏污事吗？

他就不能尽速趴上她快快完事吗，为什么要舔要吻要把口水灌入别人嘴里？她讨厌他过量的口水，她嫌恶他逼她享受，他就不能像他喜欢的艺术那样，精巧美好不脏不乱地解决上她就好？

有的时候状况没那么凄惨，她溜出房间光着身体拖着疼痛的下半身，连清洗都没力气，窝在沙发上看深夜电视，看那些亚伦鄙夷语带讥讽禁止她看的节目，那些民间灵异传奇，那些算命占卜预测下半年财运的。她就是喜欢看那些下流粗俗的东西，看亚伦觉得有品位的精英分子如她不应该看的搞笑综艺。

他早就注意到了，但他懂得压抑按捺，毕竟他爱她。但他根本不是他自己以为那样懂爱并善于等待的人，他开始找事为难她，不时找她小麻烦。

他的母亲和他约好中午见客户，亚伦迟到，家中掌大权的母亲贬损他，说亚伦的时间净花在和同居女友过生活，根本没把家中事业当回事。亚伦开完会见到锦文，爆发似的斥责她生活没目标，每天只知道吃喝玩乐，无所事事，买衣买鞋。

锦文被骂得不明所以，问他是不是工作不顺利。亚伦情绪更加发作了，话说得更酸更难听。

锦文听他骂开了，便住嘴一句话也不说，冷着脸扭头就走。

她一回到家，亚伦电话来了："你怎么那么娇纵任性，没事我就不能说你两句吗？就说个两句你就发脾气。"

她听这话才觉得绝望发火了："没事为什么要说两句，既然没事为什么你觉得想说就可以随便说我两句？"

一直到他们住在一起半年，亚伦才告诉她，他们家的事业里还包含一家小小画廊，是妹妹在经营。起因是妈妈买了不少画，干脆就做起画廊生意，前几年赚了不少钱，因为赚了钱，妈妈与妹妹开始对艺术品买卖感兴趣起来，想要好好经营，反正家里其他事业可以让爸爸和亚伦处理。

“先前刻意瞒着你，是因为看你在艺术圈混得那样不开心，还告诉我决心脱离那个圈子，我才什么也不说。”

“这样子。”

“当然也担心你那样有主见，来往都是艺术圈叫得出名号的人，对我家买卖的那些艺术品是不是看得上眼。”

“这样子。”

“我母亲的生意归她的，你不想碰艺术圈的东西就不要碰，没关系的。”

锦文嘴巴闭得紧紧。

“但反正我们就是要结婚的，你在艺术上那样有才能有人脉，以后要是不烦那些，你就帮忙经营我家的画廊。我妈也是这样说的，现在只是家小画廊，如果结合你的专业，好好经营，将来就可以和那一两家大画廊并列也说不定，钱的事情你根本不用操心。想想，几年后你就是一个漂亮优雅的画廊女主人，不用像你以前那样追着什么前卫艺术家乱跑，一个字一块两块地那样辛苦赚钱。”

锦文觉得晕眩，觉得自己的身体被挖得虚空，下体又痛了起来。

她就是不想继续在伤人的艺术圈待着，想结婚想生小孩，她觉得与其贡献自己的心力去成就狂妄自大的艺术家，自己却落得什么都没有，连感激也收不到，不如专心将自己贡献给一个丈夫，这样比较划算。她想当有钱男人背后的小妻子，她宁愿被豢养在高雅富裕的婚姻中。

如今，她又要被这个男人推到艺术那边去，而且是贡献给他的母亲，去经营一堆一堆尽是不痛不痒挂在厕所客厅都没差的画作。

锦文还是坚持:“我不想碰艺术的东西，我以后也不想做任何跟艺术有关的事。”

亚伦有点失去耐性，音调高了:“那你想做什么？我看你每天就东晃西晃一个人买衣服逛街而已。”

她勉力维持自尊:“我还需要一点时间，我还在找我想做的事。”

亚伦压抑怒气，恢复自持，展开温柔的微笑，哄小孩似的:“没关系，又不是要你一定要这样做，你不想要没人会勉强你。”

他补了一句:“只是可惜了你的累积。”

他不勉强她，但时不时就说他们家新进了一批画，很不错，要锦文去他们家画廊仓库看一下。

锦文一次两次说不去，几次下来再拒绝也不是办法，人就随着他去仓库。

亚伦和他母亲领着她看画，一幅幅介绍，这是英国的那是意大利画家来的。

锦文煞有其事地在每一幅画面前停留，端详许久。

他们问她这幅比较好还是那幅比较好，锦文说这幅好，亚伦就问她为什么，为什么不是那幅。其实锦文觉得差不多。

“这是意大利画家的新作，他这几年画了许多马匹，马都是画家自己庄园养的，他非常爱马。”

“嗯，这马很好，很有力。”锦文说，“欧洲绘画本来就有动物画的传统。”

后来又去，这次他们家进了好几件已逝大陆画家的画作，拍卖场上正当红的几个人。

锦文看了一圈，很认真，她对亚伦的母亲与妹妹说：“好难得，如果是真品非常难得。”

出了画廊，亚伦怒视她，狠狠地问：“你是什么意思？我母亲好不容易才买到这几张。”

锦文被他的怒气吓坏了：“我的意思是，我又不能对你母亲直说，这些画的来源确认过吗？”

“你太过分了，我母亲拿画的来源和那几家大画廊是一样的，你就看不起我家说我家的东西是假的？”

“我不是那个意思，只是那些画，”锦文惊慌，“看起来是有点不一样，我是说要小心，我是好意。”

她就这么看着亚伦的五官从扭曲又恢复微笑，她每天都看他从情绪爆发的边缘又按捺住差点就要爆发的愤怒，挤出温柔的表情。

“我爱你，你知道吧？”亚伦问她。

“我知道。”其实她觉得那不是爱，但她害怕。

“有你在我身边，我觉得我可以办到任何事，你明白吗？”他深深地望她。

“我知道。”她对他微笑，伸手牵他的手。

她讨厌他。她也讨厌他其实对她严重不满到想攻击她，却每次在发作关头压下去，她宁愿他发作，他却不肯，老是在生活小处找她麻烦，像是冰箱里放到过期的火腿，像是她把粥煮焦了，还有他讨厌她看的低俗电视。不过，他找她麻烦她也很得意，这代表她赢了，他知道她不爱他了，光这点，她就彻彻底底赢了。

他们就这样继续情绪上的互相残杀，谁也不说破。锦文觉得，撑到他开始筹备婚礼她就赢了。

亚伦的父母和锦文的父母行礼如仪地见面后，亚伦的母亲单独约她见面。

“你们该准备结婚的事，你也该准备生小孩了。你们现在窝在那个旧社区的小房子，过这种日子也不是办法。”

明明这就是锦文要的，事到眼前，她却踌躇了起来。

“阿姨，生小孩是很重要的事，我不知道我是不是准备好了。”

“生个小孩有什么难的？”

“生小孩，养育他，是长远重大的责任，我不知道我能不能。”

“这什么难的，难道我们家连一个小孩也养不了？”

“我需要一点时间想一想，真的。”

“你要想想自己三十好几，要生小孩是极限了，你和我儿子住在一起，我觉得要负责任，所以你们快点结婚生小孩。”亚伦的母亲和他的眉眼相像，浓浓的眉毛压着双眼皮大眼睛，“你要不想结婚不生小孩也行，反正你年纪比较大，到时候你们俩不成，可别说是我儿子辜负你。”

锦文不说话。他母亲的手机响了，锦文松了口气。

讲完电话，她对锦文说：“我今天找你，你不需要告诉我儿子。”

当天晚上亚伦一踏进门，锦文就气呼呼跟他说了他母亲的这番话。

他听了没有表情。

她等他说话。

“我妈说的，哪一点错了？”

锦文跌坐回沙发。亚伦和母亲比他们自己知道的更为相似，他们是现实世界的常胜军。他们采攻势，藏在他们看似平稳、已经接受现状，甚至已经接受颓势的稳重态度下。就像亚伦宠她给她支持的态度下，她仍能感受到亚伦其实在观察，观察下一波以退为进的最佳时机。事业上如此，感情上亦如此。这让她无法真正放松，她知道那份暂时的亲昵包容，都不是真正的接纳，只是他以退为进的狩猎等待。

你给他友谊，他接受，但不以此为终点，他要你的好感。你给了他好感，他晚点会要你的爱情。你给了他爱情，他晚点会要你毫无保留，要你价值的认同。

她缩成一团。就差一点点，就差一步，她就可以得到女人想要的，一个不用担心未来的家庭，成为一个英俊男人社会精英的妻子，将来还会成为漂亮子女的母亲。

日子不用精算，也会像自动导航仪那样，开往它要去的方向。

房子亚伦母亲现成会给，但亚伦还是在周末不工作的时候，带着她四处去看新房。

房子看累了，他们散步去找小咖啡厅。

亚伦说晚上一起去他们家画廊，妈妈和妹妹又买了些新的艺术品进来。

锦文走累了，疲惫便不吭声。

亚伦猛地甩掉她的手。

"你对我，你对我家，你对我家的事，始终漠不关心。你为什么这样对我们？"亚伦在路上对她咆哮。

"我？你们家的事业我不懂，你说的是你母亲和妹妹的画廊吧。"锦文又累又气，嗓子不大声音是冷的，"那是你母亲的生意，我说过我不碰艺术。我也不懂，你母亲的生意到底跟我有什么关系。"

"有什么关系？"他气到口齿不清，"我告诉你有什么关系。你挑剔这挑剔那，吃要好的穿要好的，你现在吃的身上穿的所有的，都是你不想碰的我家的我的父母的生意赚来的钱买的。

“你从头到尾就一副看不起人的样子，只有你和你那些搞艺术的朋友才懂艺术，我家的人不懂，我家只是花钱买画的傻子，你们这群艺术界的人有什么了不起的自以为是。”他推了她，“我就不相信你们这群自以为搞艺术的，有什么好优越感的，有什么了不起的，我就不相信花钱搞一家画廊有什么难的，你他妈的摆得这样高高在上。”

锦文站在路上发抖，眼泪哗哗流了下来。

他瞪着她不动，她也不动。

她委屈愤怒，气自己怎么这么贪心，贪心到要遭受这种对待，她又自我谴责，她究竟做了什么让别人家怀恨，她怎么在不知不觉中伤了人，人家觉得她是个自以为是看不起人的艺术界烂货，她怎么会让人觉得遭到歧视排拒——就如同她在艺术圈里感受到的一样。

“唉，你不要哭，你哭我就没办法了。”他又来了，情绪爆发完就立刻装作没事地虐待她，“我说你两句，说你两句也没什么，你就这样哭。”

锦文抹干眼泪，走进咖啡厅，亚伦点了两人的咖啡。喝完他也识趣，不再提晚上要去他家画廊的事。

他带她吃了晚餐，散寿司和清酒，小心伺候着她。

回到家，锦文还是不说话，打开电视，转到算命节目，动也不动窝在沙发上。

他叹了口气，进房取衣物要洗澡。

锦文突然站了起来，砰砰砰大声走进房间，打开衣柜，拉出一堆亚伦的衣物，成堆抱着走到阳台，全往下扔出去。

她又走回房拿起他的包包鞋子，再往下扔。

她又走回客厅，把他买来的盆栽往下扔。

他惊愕万分地看着她风风火火这些行为。

“滚。”锦文心里越过了那条线，便冷静坚硬了。

亚伦的眼睛转圆转深，不可置信地受伤地看她。

“我这么爱你……”

“滚。”

他瞪她，她也瞪他。

僵持一阵，亚伦拿起车钥匙走了。

她窝回沙发，看完那天晚上整集的算命节目。

14— 我讨厌这首情歌

动情而发烫，出神而超越，觉得自己因为艺术经历绝望而终至净化的，那简直神圣的情感消失了。

她再也无法相信艺术是人类试图与上天沟通的尝试，也不是旷野中、暗夜街道上、无处可去的孤魂野鬼共同的归依。也从来不是自由的国度，被温柔海洋包覆的地球，里头住着平等的子民。

那里是富人与无赖的领地。

只有创造者有机会永垂不朽。

一旦她接受了这种命定，她便不接受撞击也不爱了，但那难得一见的品位眼光都还在。她还是知道谁做了真正的好作品，谁会走红会卖钱。她可以判断在创作上谁有真正的才能，谁是哭穷求到掌声与奖项的赝品。不过，此时的她，觉得这些事情别人永远不知道也没关系，这世界也许根本不配知道这些真正的秘密。

这样的识人之能搭配小小的资本，她知道不足以让她赚大钱，但也许可以勉力维持一个小规模的展览空间暨策展公司，不够仁义道德冠冕堂皇到足以向政府申请补助，也无能成为大企业的顾问。

那道永远在眼前召唤她往前跑的光，消失了。她也不再伸手去抓就在眼前却永远不可得的艺术之光。她只是想活着，可以的话，活得舒服一点。

她觉得自己脸部浮肿地在时间之河两侧坐下，闭眼不看，只是吸吐。

不失望也不生气，内在的正义感也不会受伤，事情只是经过，她只是自尊自重地微笑，面对这个曾经让她迷惑献身、奋力沟通却永远接不上线的世界。

现在她有点钱也有点力量了，她不想进去这艺术国度了，这圈子反而对她友善了些，她不爱艺术了，反而靠这圈子的核心近了些，她也必须诚实，现在她终于也有点自己是圈内人的踏实感，辛酸又庆幸地，她现在对人说“我们艺术圈的”这话，不心虚了，倒是有种隐隐的自嘲感。

初出茅庐的学生听她讲课，也有的仰慕她，以她为榜样，说她有份神经质的性感与专业的杀气，她心里清楚，对这些年轻人的崇拜一点点感谢与虚荣都不必要，等这些学院的孩子再大几岁，他们就很快懂得要往金钱权力更源头溯游而去。那个上流社会闪烁的幻影之光之灿美之朦胧，与遥远神话发出的诱人之光，乍看那么相像，有时近乎重叠。

明维和锦文后来见过一次面，在年少错开的近二十年后。

明维的短信突然出现在她现在的手机："见面吧。我们来往的朋友不重叠，不刻意约这一生说不定再也见不到了。"

锦文要自己相信那短信透露出的不仅是温情，她宁愿相信那是世故后的温暖宝爱，她也因此揣测明维年轻时的锐利尖刻是不是还在，还是因为对她，特地收拾了起来。

她其实偷偷在心里存放着许多关于他的模糊信息，包括他回台之后其实没真正当成艺术家，他用比艺术家高超的智商与判断力，赚了不少钱，她听说他做酒的生意，投资设计公司，赚来的钱投资获利。她也知道他离婚，儿子归前妻，每周见面一次，很快要出去念大学。他和后来的女友定了下来，转眼也十多年，他在房地产市场上几进几出，日子过得雅痞宽裕，他买艺术品。

在餐厅里她喝喜欢的热清酒，和他说话。他告诉她，信义区的房子刚脱手，他和女友在内湖买了新房子，台东也买了地要自己盖房子，将来想去定居，也许做个美术馆办展览。

他说他四十岁就退休了。她知道，他口中的退休就是赚足了一生不愁的钱，可以缓和点过日子，不追着什么跑。他和女友旅行，也拍照，开始固定去做陶艺与木工，"还是有人问我会继续创作吧，我其实不知道，好像没有什么事情可以激发我要去创作什么，不过我想我还是会创作，也许会，我也不知道。"

"不知道什么？"锦文转头看坐在身边的他，趁他思考的时候从他的脸上找老去的痕迹，皱纹斑点都好，然而那似乎又都不是他老去的真正原因。

"不知道要不要创作。"

“这是你可以自己选的吗，要不要创作？”过了这么多年，她不是没这么想过，听到他的回答还是教她心惊。但心里这才有了底，不免遗憾，不是后来她惯常发出的经纪人式的遗憾。

“我很年少的时候就有名就被艺术圈看好。我随便画点什么或拍点什么，或我随便写点什么，人家都说好棒或好感动，说你好有才华。这些事情，我是说，画画摄影写文章什么的，对我好容易，可我反而觉得无趣了，好像什么都会，但也没有什么非得要去做不可的感觉。

“我上过班，我知道自己憎恨被体制困住、对世界有理说不清的感觉，我知道在团体里头被一群假货围攻的感觉，你知道我不怕小人坏人，但我讨厌假货。我一心想的就是自由，摆脱这些，只有足够的经济保障，才能让我的人生脱离这种恐怖的集体，可以永远不受困，可以自由。”明维轻轻说，“我这一生再也不要上班，不想被谁宰杀了。”

他点了烟，对送生鱼片来的师傅笑，他是熟客，顺口问了今天生意，开两句玩笑。

“身体都是病。我的五十肩每周必须定期复健，每周一次，那个疼痛真是要命。复健师每次都说，再忍一下就好了，再忍一下就好了。就这样把我的胳膊往外往后翻转。我不能忍，叫痛了，他就说再忍一下就好。说也奇怪，每次剧烈痛到我觉得手臂要断了，但过了那个受不了的点，神奇地突然就不痛了。复健师就说，下次可以从这里开始。”

“不都是这样吗，身体里头很痛很痛的东西，因为太痛了不处理会死，所以一定会想办法处理，不弄会活不下去，痛过临界点，就开始逐步一点一点复健。”锦文说，“反而是有些痛你觉得可以忍受的，你只是觉得不舒服，那种可以忍受不处理也不会致死的，你就不会处理它——那种不会致死的疼痛什么的，才会跟着你一辈子。”

明维笑了，喝清酒，锦文看到他的细小眼睛突然瞟了她一下，她看到以前让她最喜欢的眯眯笑眼中出现闪烁之光，一丁点的过往，又消失了。

“上个月我和家人吃饭，叫了整桌菜，菜还没上完，我突然心脏病发作。

“我那时不知道是心脏的问题，以为中风了，突然整个人倒下去。抬上救护车时，我在朦胧中想到我穿着短裤拖鞋，心想如果我这次真死了，就是穿着短裤死的，叫我儿子一定要回家帮我拿长裤来。

“结果是心脏，原来我有心脏病。我问医生我需不需要戒烟，医生说没差别。我又问了一次，他还是说没差别。”

锦文被逗乐了：“身为有心脏病、五十肩、难相处、嘴巴狠的批判性大叔，你还算是帅的。”

“我这一生就算都不再赚钱，我身上的钱也足够花到我死，我的人生在这程度上是感到放松安全的。我有合适的伴侣，有成就的兄弟姐妹，人生虽然不是没有挫折但我觉得人生也还不错。但我有时候，还是会有种人生究竟要干吗的心碎。”

“那是体质了。”锦文低垂着眼睛自己喝酒。

“体质？”

“这种心情与其说是处境或困境，其实是体质。

“你聪明，从小就超乎常人的聪明，你做哪一行都会成为精英都比人容易脱颖而出，包括艺术，你浪漫敏感，做了点坏事却又不是坏人。你又不算是真正的善良，还好的善良，过日子偶有反省的那种分量的善良。”锦文抬起头望着他，诚挚万分，“这是万幸，人生之万幸。”

于是明维告诉她他在台东买地在那边盖房子，偶尔他会过去住，拍拍照或是做手工。

锦文说她最近喜欢上英国汽车节目《Top Gear》。

明维说台东别墅那边他养了一群狗，最喜欢一只黑色雄厚的大狗。它对任何人都凶暴，只依他，他每次去都自己为这些狗煮食。

锦文说《Top Gear》的主持人嘴好贱，每辆车都成为玩具似的。

明维说，你心里住着野兽。

锦文说，菜还在上哪，可是饱到要吐了。

明维用肩膀轻轻撞了并排坐着的她：“因为你的脸上还没出现痛苦状，这家店没有菜单，主厨自己上菜，你脸上还没苦相，他们不会停的。”

她胃部底层却在几近痛苦的饱胀中出现了清明的理解：比谁都要才华洋溢的明维，曾经让她心动不已的明维，做什么都会成功的明维，永远也不会是艺术家，不会是真正的创作者，他们做什么都会成功，但不是创作者。因为他本质上是个聪明人。

而李翊，以及成千上万像李翊这样饥渴的人，在艺术海洋中载浮载沉上不了岸的人，想游却又游不动，想死也死不了，终其一生他们可能只是二流的艺术家，然而他们是艺术家，因为他们本质上是痴的，是傻子。

她这么喜欢明维却不曾真的爱上他，是因为这个吗？还是因为她意识到自己不爱他，因此终于大过了他，她的眼界见识终于派上用场了？

明维陪她走去开她的车，细雨毛毛沾沾。锦文觉得自己应该开口说点什么，为这场十几年来的重逢做一个有趣温暖的标语，不是告别什么的，觉得自己应该这样做才有礼貌，对明维的善意以及自己多年来的迷惘才有礼貌。然而她只是呆，太饱也太累，她已经很久没和谁相处几小时这么久了。她一点也不感伤，走到车旁才要开口，眼睛却起了湿气。

她喜欢他的，除却年少时那短暂的性吸引力，她是赏识他的。他也知道。不过连这份赏识都不经久，不，其实已经很久了，都好几个岁岁年年了，褪了色她应该也可以不需要责怪自己善变无法执着什么。

“我希望你知道，这些年我的人生或者你的人生或者不管是谁的人生，错过了什么或抛弃了什么，谁绕了路或丢掉珍贵的东西，我从来都不会觉得真的可惜，没有东西丢掉了或者没来得及相遇会让我觉得遗憾。

“可是，”他伸出食指轻轻抹了她的眼角又点点她的鼻头，把微微湿的食指尖放在她眼前，“这东西，我觉得遗憾。”

锦文开十年的老沃尔沃，她不想换车，她喜欢沉沉的旧引擎隆隆声，内装老式简朴，没有计算机系统。她喜欢这辆车，长途开车的时候有种老派稳定的确实，像被熟悉的老朋友包围。往中南部出差，她若不坐高铁，就喜欢开这辆耗油的老爷车，夜晚独自行驶在高速公路上。

她还年轻还写艺评的时候，听过一些艺术家抱怨，去经纪画廊领那个月的钱，下午两点人就到了，老板要画廊经理来说正在贵宾室接待大客户，要艺术家先在休息室等待，就放他那样等着。画廊经理这之间出现过两次为他添茶水，聊两句。艺术家在休息室等到了六点半，再半小时画廊就要打烊了。画廊老板这时匆匆进来，拍拍艺术家肩膀，伸手拿支票给艺术家，寒暄就走，说晚餐聚会要迟到了。

当然她也见过才华平庸的创作者，垂死不愿改行，濒临家破人亡之际，因为突然出现有力的经纪画廊，三年之内平地起高楼似的，买房换车，原本焦虑的妻子变得富态美丽，肚里怀着第三胎。

和这些艺术家们，就像萍水相逢的缘分尽了，还在同一个圈子锦文却怎样也不会遇见，有的则是人生际遇不同界面不同，他们见到面也不打招呼，人家当你不相识了。

不过反正她现在只是一个小生意人，太小了，只有钱会伤害她，人不会。

锦文去台中一家建设公司老板办公室收账，他为新盖好的企业大楼穿廊买画，他的妻子为家中起居室换画。柜台小姐领她到会议室，她静坐等待时，想起二十年前股市上万点时许多建设公司拿还在养着的地盖样品屋，把自己买的雕塑放置成落，就当是艺术园区或游移美术馆，找批媒体记者与学院教授，洋洋洒洒写几篇文字申论公民艺术权与从艺术分享看民主实践之类的歌颂，便跻身大收藏家之列。

锦文静静等待，柜台小姐又进来，送来一杯咖啡，三合一的。

锦文等到饿了，天色也渐暗，刚进门的酒红蜜橙的天空转成星蓝夜紫。

八点四十分过后，锦文拿到了支票，从另一位助理或秘书会计之类的小姐手上。收藏家本人并没现身，尽管收藏家喜欢叫她邀约艺术家组饭局，与艺术家吃饭唱歌说笑，仿佛证明自己是艺术圈内人。锦文这也再度证实自己是行政者，组织活动举办活动的人，为戏中人张罗杂事的人，伺候巨星的经纪人，不是参与者，并不是个角儿。她轻轻笑了，这也是某种程度的为艺术献身啰。

为什么不转账呢？她记得自己当年问过那位艺术家："不就是交易吗，交易不就是公平吗？既然是你情我愿的交易，为什么要你坐在那枯等，一副乞食之状，而对方刁难你等到尊严动摇之时赏饭似的把钱给你？"

那位艺术家当时只是看着年轻的锦文，露出了奇特飘忽还带着点嘲弄的微笑。

啊，那就是了，不是吗，锦文的问题就是答案本身，她意识到自己刚好把答案说出口了。

锦文拿到支票，不生气也没有悲伤，只是快乐地珍惜地，把支票放入酒红色的皮包夹层，小心翼翼，心里有点雀跃，维持腰杆挺直，走出企业大楼后忍不住嘴角上扬。

她坐进自己车子，开了一小段路，停在路边，又从包包拿出那张支票，端详一番，欢欣甜美地咧嘴笑。

下半年不愁了，她觉得好快乐，觉得自己脚踏实地。

等都等了，钱一定要拿到。

羞耻感？被践踏？不，她为什么要这样觉得？一旦她觉得自己委屈，他们不就得逞？活在这世界，只有你觉得自己受辱了，别人的侮辱才成立。她才不要，钱是她的，生活也是她的，只要她的内在意志、心灵感受不随着他人的戏码走，她就是永恒的自由人。

那不是耻，那是一个女人在安顿身心途中遭遇的小小障碍而已。

她的指尖在方向盘上轻轻点着，跳舞一般。车前灯照亮前方三公尺，仿佛这长路上就只有这前方三公尺明白光亮。

一次看见三公尺就好，一步步行。一下子想看太多，想看到尽头的模样，人就会怯懦。

她老旧的沃尔沃隆隆低低的引擎声，沉沉奋力运作的马达，还有厚实的底盘，让她觉得这车是沉稳的老战友，是她移动中的家。老车后座有她的深蓝色大衣，没吃完的黑巧克力，细雨毛茸地落在挡风玻璃，开雨刷不开雨刷都尴尬的那种程度。

锦文真是乐了，她开了暖气又顺手开了车内音响，韩式嘻哈，尖扁性感的饶舌歌手反复唱“I hate this love song... I hate this love song... I hate this love song...”。

这男生连换气的节拍都性感。她一边开车一边细微地扭动臀部，摇头晃脑，跟着哼唱，自己在车内开庆功派对。杨梅。林口。

I hate this love song too，锦文低低地说。

人说时光飞逝，我们便折断它的翅膀。

Pierre et Gilles 这对媚俗淫邪备受争议的创作双人情侣组，正在死后进天堂的队列中排队等待，等下在天堂门口要先经过天堂委员会的评审审核，够资格的人就可以从天堂小巧的入口进去。远远地，大家都看到看守天堂的使徒圣彼得在那边守着，表情肃穆且富有使命感地。

Pierre和Gilles窃窃私语，担心他们生前创作那样的作品，会不会根本进不了天堂。他们将时尚、消费、宗教、酷儿、流行音乐、艺术史、情色，全放到一个锅里煮，放进烤箱烤一块蛋糕。

他们只喜欢漂亮的人，炫耀的华丽的浮夸的都比无聊的平庸的丑人好，他们自私又残忍，怀抱一点哀伤就理所当然地四处嘲弄。他们邀请漂亮的名人作为他们摄影的主角，金发肉弹身着红绿华服躺在教堂祭坛上化身为牺牲的童女，眼角垂着水晶般的泪，取代圣母，头顶发出圣光。情色肌肉男模在花团锦簇中化为希腊神祇，浑身是荆棘鞭笞过的血痕，伸出心碎的手想握住离去的什么，是半勃起的纯情主角。有着挑衅翘臀维纳斯般的流行歌手，与男舞者组成了圣人家庭，合家欢团体照中全家人微笑得像塑胶一样永恒不变。

淫乱到了底就出现了圣光，俗的假的争议的色情的人工的不可回收的污染地球的下贱的肤浅的表面的禽兽的，都在这艳极虚华矫饰造作的世界中，袒露胸部托着彼此的生殖器，坐拥华服锦器，妖精淫魔在那狂欢过后的刹那虚无中，闪过秒逝的灵光纯真。

众生呜咽四起，就连刹那的灵光也是气势凌人的，然而那从来不是立地成佛。

这两个妖精的排行榜上，只有漂亮的，鲜艳的，瑰丽的。败德妖孽的眼睛终究也会有那么一滴泪，那滴泪要比苍白正规无趣的体制纯真。

“我们这样还能上天堂吗？”他们在天堂排队的队伍中，揣测不安又忍不住晃了下娇纵的屁股。其他排队等候的人都静默严肃，没人说话，充满信徒般渴望救赎的虔诚，哪像他们俩轻浮饶舌。

“难道你愿意下地狱吗？那里只有为恶之人不洁之人，他们遭受捆绑刀砍，只有尖叫与哭喊声不绝于耳，听说地狱之王长得惊异丑怪。”

沉默漫长的队伍缓步前进，天堂的入口就在眼前了。Pierre看到天堂的守门人圣彼得，穿着一身洗褪了色皱巴巴的灰蓝长袍，可能因使命感太强或业务繁忙神色疲惫黯淡。圣彼得连看都没看队伍中这两个身穿蓝白条纹水手服、奶油色短裤、油亮金黄色卷曲短发的男人。

Pierre和Gilles趁警卫不察，偷偷闪进天堂内，想趁审核开始之前，先四顾打探一番，看看天堂长什么样子，看看成千上万善男信女想要永世居住的乐园究竟是什么模样。

他们俩看到天堂内的人各守本分，下棋、阅读、修剪花草、扫地，沉默地进行日常生活，这里的人不吵架也不交谈，干净整洁，每个人脸上表情一致地淡漠稳定，既不见欢腾也没有悲伤。天堂的人穿有机棉麻制的宽松衣服，灰灰褐褐的，装潢几乎是零，墙壁与天花板都是灰白。天堂的菜园整齐平静，农作物安分地生长。

Pierre踉跄后退了几步，心跳加快，捉住Gilles的手："天堂……天堂……怎么这么……灰灰的……天堂只用日光灯管吗……天哪他们听轻音乐……"

Gilles也被眼前的景象吓坏了："天堂……怎么会……没有颜色……这么……平庸？"

"这就是大家挤破头要进来的地方？"

圣彼得终于发现了队伍里少了两个人，发动天堂警卫搜寻，追捕声与奔跑声窸窸窣窣从四方传来。

Pierre紧急中问了Gilles:“你想住进这里，想住在天堂吗?”

Gilles对爱人轻轻摇摇头，从惊吓中找回了一点自信，眼睛开始露出晶光。

“走吧。”Pierre拉起Gilles的手，两人拔腿就跑，他们不想在灰灰的天堂里头接受这里的审判，也不想被圣彼得抓到。

他们不知方位，迷了路，闯进一片灰白类似的房间与甬道中穿梭。他们见到那头竟然出现一整面暗红色丝绒落地布帘，厚重且反射着闪亮饱满流动光泽，怎么看，那布幔都不像是天堂灰白色调的东西。他们本能地朝那布帘跑过去，管不了那么多，又像本能受到吸引似的。

那散发诱人光泽的丝绒布帘将他们俩团团裹住，他们像被卷入了旋涡般转了好几圈，奋力掀开，见到了丝绒后的世界。

“啊，是地狱。”嘈杂刺耳的电子舞曲，他们看到头发染成天蓝粉红的饶舌歌手，那个舌头就要被拔掉的时尚天王毫不畏惧地呻吟着:“全世界都想嫁给我……”

他们看到天堂隔壁就是地狱，而地狱里头斑斓缤纷艳光四射装模作样喧哗虚华的妖孽，明知酷刑将至仍狂欢唱跳。

“那里比较漂亮。”Pierre和Gilles相视，手牵手走进去。

锦文和哲民一九九六年在巴黎冒着雪去找Jean Paul Gaultier的旗舰店。哲民身体练得一天比一天厚壮，但是他只练上身疏忽下身，整体看起来像铁臂阿童木。他们当时还是朋友，现在想想，也许是两人当时的迷惘相似，以至于脸上露出迷惘的表情也相似，以至于锦文以为他们可以建立友谊。

他们拿着地图，出了地铁左拐右转。路上没人，他们以为自己迷了路，绕了许久在老旧区域终于见到那华丽戏剧性的店。锦文和哲民朝圣般地踏入，锦文身上军装式长大衣，哲民在嫩粉红的毛衣外套了深灰格纹外套，店里已经上了部分春装。锦文一心想买Gaultier的图腾文身衣，那薄得紧身得如同皮肤贴在身体上的衣服，让上半身的肌肉线条清晰浮现，衣服上头的复杂图案便如同文身一样浮现。

男生的衣服但锦文就是要弄一件来穿，进了店门很快就看上火龙十字图案。

不过她想到自己还要穿内衣，向金发小姐要了大一点的尺寸："给我M号。"

她看到哲民盯着她手上比画这件，便问他："你也想要这件吗？"

哲民点点头，平日嘴贱嚣张，不知道为什么突然害羞起来。

锦文于是对金发小姐说："两件，都是M尺寸。"

哲民快速补上一句："不，两件不同尺寸，她是M，我是S。"

锦文听了乐不可支。

除了公立博物馆美术馆，那个时候还流行成立私人美术馆。亚洲金融风暴波及让好多家小画廊关了门，实力雄厚的仍然屹立不摇。公立美术馆从九〇年代初期就流行举行国际大展，莫奈毕加索罗丹，和报纸集团的子公司合办，买票等进场的人环着美术馆排到了大马路上，都说以前必须要搭飞机出去才能看到的大师原作，现在花两百五在台湾就可以看到了。这里特展那理特展，美术馆自己反正办不了什么大展，就把展场分期划给不同媒体集团，进口买办中介的展览计划，大师手稿二线作品都可以成批来，美术馆只要等着分门票与衍生商品收入。

锦文与哲民看着赶集似的排队人潮，展场人山人海呼吸困难的奇观讪笑："这年头屁都可以当策展人了，博物馆也不用策展了，公家机关躺着当房东拆账就好了。"

"总是会排预算买你杂志广告吧，你就看在赚钱的份上忍耐几分。"锦文捏了哲民的手背，哲民主编的艺术杂志分封面封底还有内文，不同价格分期项目卖。

哲民说："我们也来策划国际大展吧，我想清楚了，办一个十八铜人特展，找十八个裸着上身全身涂金粉的十八铜人，在展场排成一排，观众买票进场可以欣赏，若是投币就完整打一套拳。既有国际性又有在地性，既是奇观又符合与群众的互动与游戏性格。"

锦文兴奋了："赞助单位找十八铜人行气散，开幕贵宾找史上服役最久的阿荣来……"

锦文笑嘻嘻地看着哲民，心想不知道他将来觉醒以后，那份性能量会不会辛辣猛烈，会不会灼烧五脏六腑，中年以后究竟会往妖气还是灵气发作。

他告诉她，历史博物馆一楼大厅侧的慈禧像，半夜博物馆关门后会从画中起身，活动筋骨，旁边的太监众臣也会跟着走动，随着老太太大跳宫廷舞。

“是小学体操那种团体宫廷舞，还是迈克尔·杰克逊《战栗》那种宫廷舞？”锦文问他。

哲民戳了锦文一把：“死小孩你！”

她记得有一次他们去波罗的海三国旅行，一个美术馆委托哲民杂志进行专题采访，哲民邀了锦文和几位媒体记者与写手同行。冷得要命的清早，锦文在饭店咖啡厅吃早餐，见到哲民下了楼。她对他招手，他怎样也不说话。后来知道他夜里醒来，舌头顶了顶，门牙竟掉了下来。他困窘嫌难看，整个旅程都不肯开口说话。

锦文现在工作上益发老练，忽冷忽热的毛病益发严重，几段可有可无的关系也无疾而终。不过，听人说哪个年轻艺术家常常通稿似的同时发短信给好几位名媛挂的收藏家，或者哪个艺术家追求富二代，喝醉在人家车库摩搓着玛莎拉蒂，吐得一地都是，这些再也不困扰她。哲民在台北消失了，在北京另设事业中心，也在那边买了房。

几天前他们在艺术家的葬礼上照到面，发了胖的哲民和她的眼睛对到了，却转头只和其他人招呼。这些年都是如此，偶尔他回台北，见到她只有这般装作不识的情分。她默默地猜想，他的饥渴与优越感与不安，混合得令人心痛又尴尬，像件尺寸错误的外套。

锦文在葬礼上鼓起勇气走近哲民，刻意去拥抱他。

“这次在台北待几天？有没有空吃饭？”锦文抓住他的手臂。

“后天上午走，明天也许有空。晚点我确认了明天行程打电话给你？”哲民轻轻地挣脱了她的手，但是伸手摸摸她的脸。

“嗯，打给我。”锦文轻笑。

“嗯，打给你。”他走到另一群人加入谈话。

锦文知道他不会打电话，但是他这次摸了她的脸，仿佛她仍是当年的小妹妹，这样很好。

一旦克服创业初始的羞怯艰难，拿到几个案子，锦文胆子大了点，人也稳重了些，年轻一辈开始喊她姐，仰慕的小辈津津乐道她人至中年，那双眼睛还做梦似的总是出水望着什么，朦朦胧胧。其实，她哪里也没看，只是失神。

没人知道锦文的焦虑症益发严重，出了家门没多久就开始胃部紧抽，心里老想厨房火好像没关，老想回去确认。

这是老问题，第一次发作锦文还在念大二。课上到一半，她坐立难安，忍不住从教室后门溜出去，跑着出了校门拦辆出租车冲回家。她连鞋都没脱急着开锁往厨房去，炉火锅具平静安稳地冷静端坐。她舒了口气，决定就不回学校上课，甩了球鞋，躺在沙发上，就这样躺到天黑。

那阵子每隔两三天她就发作一次，担心火没关，老是跑回家。

这种焦虑后来没缘由地停歇，这两年又开始。有时候锦文在办公室开会，胃部翻搅难耐，直想回家确认炉火。有时才上了地铁，她在车厢内紧张地喘息粗重，想下一站就得下车赶回去看。

不过她现在益发自觉，每当胃底开始抽动，她的眼前开始演出家中失火面目全非烧成灰烬的模样，她便提醒自己，这个时候赶回去也来不及了，或者，如果真的烧起来，保安公司早就打电话来通知了。

差不多二十分钟，她会猛吞口水，接下来就没事。

她刚考上大学的那个暑假，搭公交车去西门町，想去逛唱片行。阳光盛大的下午，红灯车停，她从车窗由内往外看。

路边站牌下站了一个瘦高少年，背心与宽大短裤，一边等车，一边练习棒球投球的动作。少年气定神闲，仿佛全世界都在他的气息之外，独立成为一个自给自足的小宇宙。他左脚稳踏，身体向后扭转，自肩胛启动的右手由背后往前投掷，看不见的球抛出弧线，右脚自然抬起后无声落地，身体自然前倾。

慢动作的电影一般，一格一格，空气敬佩地不肯出声，全世界因为他的清明专注、悠闲自在暂时停止呼吸。少年的存在有力、温柔而强健，往前投掷一颗看不见的球。

锦文在车窗内看着，被美深深感动，眼睛出水。

她和李翊要好的时候，会梦想未来。除夕下午两人都从父母家溜出来，见面喝一杯咖啡说说傻话也好。李翊告诉她，她到之前一对中年夫妻才结账，手牵手地离开，富裕、有品位、有见识，那画面真是好看，以后他们年纪大了，也要做这种夫妻，自在从容。

“我希望以后吃饭点什么菜都不需要看菜单价钱。”

“小室哲哉去哪里都坐出租车，流行音乐教主赚了惊人财富却还是不开车，坚持到哪都坐出租车，无牵无挂，招手就好。我希望去哪里都可以招手叫出租车。”

“那也行。”李翊说。

锦文把车停好，上楼脱下洋装高跟鞋，换上领口变松垮的灰色棉衫和膝盖凸起的运动裤，又搭电梯下楼到7-11，捧着微波的便当上楼。她坐在地板上，就着电视上女人互掴耳光抢财产的韩剧吃便当，连饭粒都吃得干干净净，打了嗝，喝7-11的中杯热拿铁。热热的液体滑过咽喉、食道进了胃部。这时她才放松了点，活动肩颈。

她突然想起以前李翊老要她帮他抓背。

她去找他，他还睡着，见她进房便把上衣脱下，翻过身去趴着，央她抓背。

她不懂抓背有什么好，但还是绷紧食指成爪状，用指甲在他背上抓，仔细地从肩膀到下背，一处也不遗漏地抓。抓出了一条条血痕，他才满足地低呼“好舒服”起身套起上衣。

凝视太久，对象便消失了。

遗忘太久，所欲之物就开始清晰。

眼睛消失，鼻子消失，嘴唇消失，轮廓也消失，让他们成为永恒的幻象都好，要是落成现实，她此时太过完整，无力承受。

15—00：00

真正的预言者与狂热信徒所扮演的骗子，区别在哪里？

真正的预言者对自己的角色感到焦虑不已；狂热的信徒不会，骗子也不会。

锦文突然觉得自己应该在时空交错的九〇年代生一个孩子，那个人种堂皇转换的关键年代，产下一子。如今他从高中毕业，刚考上大学。

如果有个孩子，人类基因排序的古老规范便会进驻支配她的生活，可以收束她拼命抑制几已平息的渴望。虽然她现在也只是哀伤而已。

当她觉得不受牵绊的时候，当她觉得身心前所未有的自由的时候，偶尔会有那么一两次突然刺人的痛楚，从髋骨处紧缩。

啊，原来还在，她提醒自己，那点点隐秘湿稠的微量黏液。

锦文和同岁的客户饮酒晚餐，客户打电话给和孩子一同看完电影的丈夫，要他们开车来接她回家。

锦文见到对街灰色休旅车步下一个身高超过一百八的高壮年

轻男人，灰色帽T和卡其嘻哈短裤，雄性昂扬，男人有饱满而湿润的双唇。

男人看着她，没有表情，浓眉兀自张扬着。

锦文突然动弹不得，怔怔看着男人，从身体下部放射出来的疼痛突然发作，通电一样攫取了她全身的知觉。

她回神过来才见到年轻男人身后还有个中年男人，熟练出了驾驶座，哔一声遥控器锁了车门。锦文这才发现身旁的客户不在位子上。锦文见她走近年轻男人，一把狠狠抱住，对中年男人朗声灿笑："来啦，你们来啦，电影好看吗？"

年轻男人耍脾气似的把头转开不回话，男性魅力转瞬之间全失，起而代之的是孩子气的赌气。客户伸手在年轻男人脸上搓揉一阵子，亲昵而富占有性地捏他的脸，她回头对锦文说："这是我……"

锦文这才震惊而羞耻地意识到，那是与自己同龄女人的十六岁的儿子，而她刚刚对他产生了欲望。

体制规范、伦理排序如3D家族树枝图像，秒速占满锦文的脑子。她从出生以来，从来不曾像此刻那么清晰地意识到社会组织的稳固结构，一时之间鹰架一样撑满了她的脑子。过去与威权斗争时没有，与长上争夺时没有，男欢女爱时也没有，背弃根源时也没有。

这一刹那，她被自己吓到了。

如果，在很多年很多年以前，她做了不同的选择，那些社会规矩人常伦理，就会进入她的人生，限制她也巩固她保护她，使她不至于漂浮，她的身体会变成一栋建筑，牢牢架设，她此时的一切，将以地基、钢筋、水泥、公设比例，以主卧室、客房、起居室、厨房、餐厅得宜地区分间隔，那屋里会有上下尊卑、远近亲疏之分，支配她与这世界的关系。

那将是充满结构，循序渐进，是人生得以从平地起高楼的牢固秩序。

她应该在九〇年代生个孩子的。那孩子便也会如刚刚的壮硕少年一样，生殖力旺盛，毫不自觉自己的金光四射。那个从来不曾存在的孩子会收束她的心性，会收束她无能控制那份突如其来的野蛮欲望。

李翊从美国刚回台北时，其实找过她。那时候他有别人，她也有别人，两人没谈过分手就好一阵子各过各的，她以为这就是默契了，没想到他突然提着行李出现在她门口。那时候她正过着游荡的无业日子。他跟她要房子钥匙，要住下来，她心想住下来之后两人难道就要定下来谈终生婚配吗，明明早是各分东西了。可是若她先从自己口中说出分手，坦承自己有了别人，倒好像是她先背叛了什么。她于是给出了钥匙，终日惶惶不安。

李翊放下行李，睡沙发，人大半时间是不见踪影的。

他对她怒目相视，不说话，碰到对方刻意避开身体接触，他刻意发出不耐烦唉一声才让开。她也刻意避他，也怒他，觉得不相往来了，怎么有脸突然出现，她也怀疑他是不是知道她什么事，刻意出现目的是不让她好过。

还好他大半时间都不在，三四天不见人，突然出现，一个晚上或一个下午又消失，他也不说去哪。

她觉得恼怒，她又不欠他什么，怎么他可以突然进驻她的领地，还给她脸色，仿佛他们还有关系而他还有这个权利似的。

李翊超过一个礼拜不见人影，原本提心吊胆的锦文觉得如释重负，心想他可能不回来了，开心至极。她想做点什么来庆祝一下，翻箱倒柜地翻出CD盒，一张一张看，拿了张空中补给放进机器，心想阳光闪耀的好日下午，就来老歌欢唱一番。

她转大音响，在卧房内摇头晃脑地跟唱，十分陶醉。

她听到钥匙开门锁的声音，心头一紧，闭嘴不唱歌，只是听歌。

她听到李翊脚步粗重地进门，她几乎可以感受到他浑身散出的不耐与烦躁，混着挫折感的暴戾。他出现的时候她总是肩头紧绷全身警戒。她接着听到他重重地将包包往地上扔，他将他自己扔到沙发里，沙发发出嘎吱一声叫。他翻桌上的杂物，拿起又重重地丢回桌上。他打开电视机，扭转音量。

他把客厅电视机音量又转大了一点。

锦文还想听空中补给，也默默把房内音响转大了一点。

李翊又扭高电视机音量，把什么东西摔在地上。

锦文悄声把卧房门关上，咬着牙默默调高房间音响。

李翊这次突然将电视音量调到最大，隔间墙壁与玻璃震到摇晃作响。

锦文委屈万分，这是她花钱的房子自己却做不了主。她站起来推开房门，怒骂李翊："你这是干什么？"

李翊反问："你才是干什么？我看电视你就是故意要干扰我。"

锦文指着他："是我先听音乐你才进门的，你怎么变成这种样子！"

李翊要起流氓："你就是见鬼地老要阻碍我的人生就是了！"

锦文觉得这人存心欺侮她，吵架多说都无用，气急回房，砰一声把卧房门摔上。

她躺在床上咬着牙，下颚发疼。反正等下他一定会摔门走。

她等到了摔门声，绷紧的身体松了下来。她心怀愤恨，想要不要干脆跟李翊说明白直到死都不要相见，或是，直接换锁让他再也进不来。

她躺着躺着睡着了。

锦文倏地睁开眼，天黑了，没开灯的房间她一下子什么也看不到。外面有声音，她是因为这个声音警觉醒来的。她的知觉开始恢复灵敏，是开锁的声音。

李翊撞进卧房，满身酒气，把自己丢在床上，床沉下去。

锦文往墙的方向靠，想离他远点，干脆翻过身去，背对李翊。

"我今天喝酒累了，要睡床，你想怎样随便你。"酒气浓浊酸臭。

她气到不吭声，面墙抱胸把自己缩成一小团。

李翊推了她的背："怎样，小姐干吗？要就来啊，你别客气！"

锦文恨极怒坏坐起身来踹他："浑蛋，这个浑蛋！"

李翊轻笑了一声，没理她，他的呼吸愈来愈重。

她由床尾离开，看着床上那沉重的尸体，她知道他被挫折感所折磨，但她恨死了他这种任由失望不得志占领意志的张狂，是个胜必骄败必馁的莽夫。

她窝在沙发，天要亮才稍合眼。

她醒来后，李翊走了。这次是真的走了。

她回家的路程中，一个念头突然浮起，在她月经流量旺盛，天真到阳光穿透白裙露出两条细长大腿却毫无自觉的年岁，那些她曾敬之如父、爱之如兄的男人，是不是也曾对她产生过一刹那的痉挛，通电式的、罔顾辈分的、从身体核心放射的荷尔蒙启动的震撼？那时候他们的震惊悔伤，是不是也随即跟上脚步呢？

那么，必然有恨了，他们。

她的海市蜃楼格外不能倒塌。她也只有她眼前有的了。

圆山过站，新的儿童乐园都盖好了。

戴安娜与查尔斯王子刚约会的时候，狗仔队追着这位即将成为王妃的幼儿园老师，拍下了一张照片。戴安娜蓝衫白裙，对着相机腼腆露齿而笑，但她没穿衬裙，阳光穿透白裙，相片中她两条腿简直是光溜溜地挂在全世界的报纸版面上。

锦文始终知道她和亚伦之间欠缺了什么，是两人合一就可以对抗全世界的气派，是呆坐在马桶上微笑的痴傻。这些她都没能给他，而他明白，那种感觉在关系中，一开始没发生，以后也不可能发生，而那是对他的贬抑羞辱，也成为她自觉而慢性的罪恶。

亚伦结婚前一周，在小酒馆和锦文偶遇。他大大方方地坐到她身边，敞开的笑容让她觉得宽心，觉得他要迎接未来的人生，因此他对他们以前的事应该都释怀了。

他们有一搭没一搭地说话，柜台新来的小妹妹和他们两人间歇地聊天。

小妹妹告诉亚伦她多么喜欢锦文，说锦文是多么和善的大姐姐，上周还拿来一个红色皮制提包送她。

亚伦耸耸肩凑向前："她送的包包你也敢收啊，那一定是她从乱七八糟满出来的衣柜抽出来的不要的东西，压得扁扁的吧，上头是不是有压到的痕迹，还是有之前擤过鼻涕塞在里头的卫生纸？"

小妹妹犹豫了半秒，分不清这话里头有没有恶意，后来决定这一定是熟人之间的戏谑玩笑，笑得花枝乱颤："哪有哪有啦，那包包很漂亮啦。"

亚伦摇摇头，缓缓斜看锦文，转头对小妹说："哪有哪有啦，我太了解这女人了。这女人只在意外面好不好看、漂不漂亮，里头乱七八糟。"

锦文尴尬，跟着笑，不回话，只是笑，忍让得简直像抱歉。

她不爱他，他还记恨，这就足够她抱歉了。

16—有了光

遗孀告诉锦文，她自小就对丧礼执迷，特别是以遗孀角色出席丧礼的执迷。

要穿什么出席挚爱的丧礼呢？她想象一个忧伤但有所节制，一张依然憧憬浪漫、温柔坚强的面容，在丧礼中，这张面孔将代表挚爱回应那些仍在世间的哀悼和礼敬。

她其实不打算结婚的，但不知为了什么她在米兰买下黑色面纱，预想的却是婚礼之后，之后的之后，之后的之后的那场丧礼。黑色面纱之后，她买下黑色套装，她开始想象太阳底下的尊严与优雅，她对这个遗孀形象有着无可自拔的迷恋。

黑色套装她每年都买，不是问题。她真的结婚后，又去添购了爱马仕黑色凯莉包，觉得可以和先前衣柜里那些，搭配成为一整套。

她结了婚，因为爱情，因为爱上艺术家夜里在工作室严肃专注创作的侧脸，她几乎可以看见灵魂在丈夫的身体周围散出白色氤柔光芒，旁边还有精灵们唱着颂词跳跃。她夜里起来看见熬夜的丈夫，以及丈夫身边的精灵，觉得喜悦充盈全身，她于是悄悄走到阳台，望向山下整夜的城市，只有一两点灯光未眠，人世沉睡未醒。

“我问我自己，是不是出自我长期对丧礼的执迷，导致我的丈夫真的死去了。”遗孀抚着颈边那串珍珠幽幽吐息。

直到丧礼结束，丈夫死去的空虚哀伤其实尚未真正来袭，因为筹划丧礼的细琐疲劳到现在还纠缠着遗孀的身心，还来不及真正痛苦，其他的恐惧却先来袭击。

丈夫的兄弟要求遗孀将丈夫名下的工作室让渡给家人，无视头期款是遗孀出的钱，丈夫的兄弟要求清查几笔保险金的受益人，并主张分配权益。由于看过太多电影与小说中艺术家身后作品价格飙涨的故事，兄弟们愤怒地指责遗孀侵占，要求遗孀必须列出艺术家身后留下的所有作品清单，主张家人才是正统的血脉承继，遗孀只是外来的女人。他们也无视于遗孀在婚姻生活期间每个月供养艺术家的费用。

他们说，那是夫妻之间的彼此帮忙。就算那是借贷好了，也没有借据可作证据。

这些争夺与恨意让遗孀恐惧，让她感受到暴力。遗孀找了律师处理，因为惧怕这些恫吓，她找到父权系统中比兄弟家人更威权的代表出面帮忙。这是钱可以动用的权威，而遗孀一直都有钱。兄弟们跳过律师，不断发信息打电话给她，要遗孀出面直接面对，不要躲在律师后面，说她若不肯直接面对，就等于向丈夫所有的亲人挑衅。遗孀索性把丈夫留下来的作品，委托锦文厘清管理与秘密出售。

“原来你幻想中的丧礼有阳光。”锦文说。

“有，有阳光，还有绿树的阴影。”

“啊，”锦文笑了，“像意大利黑帮电影那样。”

“像意大利电影那样。”

她们在公园散步，遗孀说：“不过，现实中的丧礼，一切都不照我想象中的那样发生。”

丈夫死去之后，她忙乱担起所有责任，从入殓灵堂诵经火化文件资料整理到回顾展的推动，身心紧绷。结果，丧礼的时候她穿着寻常的黑衫便裤，没穿上任何一件她之前买的东西，现实中的丧礼，只有哀鸣没有优雅，只有劳累没有肃穆。

直到这个月她整理衣帽间，发现多年前买的那顶缀有细致滚边的小小黑色面纱，这才发现它永远都派不上用场。

“还有那个黑色凯莉包，我在丈夫生病的时候转手让掉了。”

她们两人走过公园的碎石小径，绕过露天舞台侧边，转向花圃前方，弯向前方红砖道。

“我二十六岁时买了一件白色罗纱高腰洋装，后背那边用白色缠绳绕着往颈上绑住固定。我觉得好美，买下来当作日后的孕妇装。我一心觉得以后可以穿。那白色高腰洋装就在我的衣柜放了二十多年，今年农历过年，我把它清掉了。”锦文说完压住头上的深蓝色帽子，风往脸上正吹，她闭起眼睛，享受似的。

在那之前，锦文幻想过婚礼，她倒没有什么关于白纱礼服样式、婚礼花束的幻想，她执着在婚礼的音乐而已。

她还是女童的时候和表哥表姐一起吃泡面。父母远行，她被托管在外婆家，平常没有伴，她特别黏着已经是少年的表哥表姐。表哥在泡面锅里多放了青菜、打了蛋花，她就觉得表哥实在能干得不得了。他们三人端着碗上餐桌上吃泡面，一边看电视，播的是空中补给的演唱会。大概是空中补给要来台湾开演唱会吧，因此这边的电视台才会播放国外演唱会实况，还将每首曲子的歌词都翻译成中文字幕。

锦文发现新大陆一样地看着每一首歌的歌词，相当受震撼。

我在床上躺着，头枕着电话，想你想到心痛，我知道你也痛苦，但我们无计可施。没有你我的人生算什么？我独自玩味着过往，原以为时间疗愈了伤口，没想到对你的思念缠绕不走，我用了身体的每一个部分来试着遗忘，但只有你能填满我内在的空洞。

锦文盯着电视上的字幕，看着空中补给主唱流了满头汗飙拉高音，感到十分惊讶。她软软细细地小声问表哥："这唱歌的男人好可怜哪，这些歌，每一首都好可怜，一个人怎么会喜欢另一个人到这么可怜的程度啊？"

表哥吃面看荧光幕，没理会锦文。

表姐倒是搭腔了："是吧，好可怜吧，这歌词也让我觉得爱得好可怜。"

锦文留在外婆家过夜，和表哥表姐睡同一间房，因为寒假，大家都不用上学，锦文是小学生，表哥表姐都是初中生。

第二天睡醒，锦文还趴在床上发傻，还没回神，不想刷牙洗脸，她发现表哥已经醒了，并不在房间内，表姐醒了但还躺着。

表哥突然推开门叫表姐起床，在锦文还没理解究竟发生什么事情的时候，表哥表姐吵了起来。为什么而吵架，锦文完全不知道，或是，她事后完全想不起来。她只记得，表哥和表姐两人吵着吵着，表哥动手打了坐在床上的表姐。

表姐还手，两人四只手殴来打去，表哥抓住表姐的头发扯。他们互相抓着打着好一阵后，表姐尖叫大哭，表哥破口大骂，表哥生气地推了表姐一把走出房间。

锦文看到表姐坐在床上，像个弃妇，哭了起来，表姐淡粉色的睡衣领子因为刚刚的打架歪斜，露出一边裸白的肩膀。

表姐咿咿呀呀地干干号叫，一直到声音渐弱之后，眼泪才流下来：“打我打我，他打我，我还特地穿了这件漂亮的睡衣，想说可以漂亮一点，漂亮一点给他看，他竟然打我……”

锦文吓得动弹不得。这是兄妹之间的打架吗，为什么看起来比较像是夫妻的牵连。

锦文噤声，害怕得缩回棉被内，躲着不敢出来。

不过，不是因此她才想要在婚礼中听到空中补给的歌，不是这个原因。

几个月后，锦文在家看电视，看美国妙龄小姐选美比赛。

初选之后，接着是泳装、休闲服、机智问答，最后是压轴重点晚礼服项目比赛的登场。通常在晚礼服比赛后，大会才加总评分，宣布名次。

各州的妙龄小姐穿着摇曳拖地的晚礼服出场，主持人在甜美的歌声中，宣布今晚由海军军官学校的男子列队迎接进入决赛的妙龄佳丽，而那背景的歌声，就是空中补给。

年轻海军军官站成两排，每人从腰际拔出军刀，在头顶上两两交叉，形成一个由军刀画成拱形的长廊。妙龄佳丽唱到名后，就以晚礼服扮相，走进由军官与军刀护持的走道，鹅黄、粉红、宝蓝、纯白、嫩绿，每个女孩郑重走进来，微笑招手，尽头有位穿着纯白色军服、金发、露出洁白牙齿的年轻军官等着，挽起佳丽的手，护送她到舞台就定位。

飘飘走过，下一位走入，嫣然而后伫立。

在这片裙摆飘动荡起的小小浪花中，锦文听到了空中补给唱着。你是全世界唯一的女人。在平凡无聊的小镇，每晚胡混，但从未真正陷入爱情，我在匆忙的世界张望，每晚入睡前嘲笑自己，每天早晨寂寞地醒来，这样的小镇会把人逼疯。但你出现了，一切都不同，都有了意义，因为，女孩啊，这世上唯一的女人就是你。你是幻想，是我的真实，是我的一切。

锦文甜甜地对着电视笑了起来。

对了，就是这一首。

如果将来有婚礼的话，如果将来可以被一个男人用这种荣耀这种充满占有欲的方式许诺终生护持的话，那就要这一首歌才行。

地铁过竹围，锦文竟然对着车窗甜甜笑起来。

皮包震动，锦文从里头摸出手机打开来看，眉皱了起来。

刚刚那个唐装男竟然传了短信："就算不交往，我们也还可以当朋友吧，你不至于因为我不交往就生气吧。"

锦文吸了口气，把短信删掉，把刚换没多久的苹果手机丢回皮包。

她低头看着自己的鞋尖。

她回想起BP机的年代。

那时候女生把小黑盒子放皮包，嘲笑把小黑盒挂在腰带上的男人，每个看起来都像跑业务的。每当小黑盒震动，青年男女就按照上面显示的号码打电话："我是×××，请问刚刚谁打呼叫器吗？"

没有手机的年代，还没从类比进入数码的岁月，路边还有公共电话，有的餐厅店家还设有投币的公用电话。

年轻人之间发明一些数字暗语，当时没有手机短信，更没有通讯软件，520是我爱你，530是我想你，号码后头加上505代表SOS，很紧急请回电话。也有情侣或好友共享同一个呼叫器号码，每人设定自己的代码，要求朋友打呼叫器的时候必须在留下的电话号码后头加上代码，以供辨识究竟找谁。

情侣间共享一个号码最常见，代码还可以当作彼此之间示爱的呼唤。像是一组只有彼此知道的密码。

锦文也曾和一个男生分享过呼叫器号码，对方设定代码66。只要她打自己的呼叫器，输入66，他便知道她在呼唤他。每当她的小黑盒震动，上头出现的号码尾端加上66，她便知道那是他的朋友找他而不是找她。

两人共享一个号码有种亲密感，当然也有隐私被剥夺的些许不适。几个月后，用锦文呼叫器来找男生的人逐渐消失。她用代码66呼唤他，他也不回电了。那个呼叫器号码似乎又回到她一个人使用的状态。但是她还是不时试着呼唤他。

她拨打自己的呼叫器，输入他的代号，一会儿见到自己的小黑盒震动闪光，浮现66。她静静坐在家中电话旁，什么也不做，只是等待。

有几个夜里，人鱼花鸟都睡着后，她光着脚丫摸到电话旁，又拨了号，呼叫对方。

深深重重的黑暗中，她见到自己的小黑盒震动，发出微光，上头显示66。

随着手机的问世，锦文在李翊的陪伴下，盯着柜台小姐拿出香槟色小海豚和孔雀般多彩的易利信，在两者之间犹豫不决。年岁很快又流过，她接着去买了有智慧、会拍照、可听音乐、下载新闻与旅行信息App的手机。使用有智慧的手机后，谁的电话她都背不起来，有智慧的手机要说我爱你我想你变得很容易，发条短信贴图就好。

于是，随着时代轮盘的推碾，看电影看到一半突然BP机震动，女孩挣扎着究竟要不要中断电影跑出去找公共电话的窘境，成为远古时代的事。

锦文有个长得漂亮却怎样都没办法与谁交往的朋友，她开了一家服装店，日日与时尚款式细致衣料做伴，她是锦文见过极其漂亮自尊却极其低落的女人之一。锦文后来下了决心回艺术界，封笔不写艺评，只做艺术买卖与策划活动，赚艺术钱后，她休闲时间主动去见面打发时间放松的朋友，反而多不是艺术界人士了，她怎样都不想听人谈艺术了，那是她的工作，是吃饭赚钱以获得老来退休尊严基金的方式，那不是灵魂的归所。

锦文有天在那女性朋友店里喝茶，她突然问锦文："你觉得我有没有什么地方不一样？"

锦文端详她的脸好半晌，摇摇头。

"仔细看啦！"

锦文放下茶杯，再看一次，不像打了肉毒杆菌，也肯定没换了发型哪。

女生忍不住自己先抢话告白："你进门这么久都没发现我去做了鼻子哦？"说完忍不住哈哈大笑，"啊这样是说我做得很自然，还是说我根本就是白花钱人家根本看不出来？"

"你鼻子本来就很高，为什么还要去做鼻子啊？"

"高归高，但我对它的形状还是有点不满意，我没告诉过你吗，我从小就下了决心，我长大后要做鼻子。前几天我回家还叫我爸看，跟他说我做鼻子了，他指着我哀哀叫，叫了半天也没事，大家一起吃饭。"

"你很无聊呢你。"锦文指着她骂。

"咨询的时候，医生问我要哪款鼻子：要自然的还是要美的？"她说，"我想想，反正都花一样的钱，垫高点更划算，就跟他说要美的。"

那有着圆大眼睛与雪白胸部的漂亮女生，有时会作态哀号她怎么老没机会恋爱，甚至连床都没得上。锦文觉得，其实她根本没办法相信自己会真正被谁爱。那漂亮女生开始看韩剧后，变得非常快乐，宛如体内兀自生出自体循环的小宇宙，自给自足，再也不需要仰赖着谁或等着谁来爱。她每看一出戏就觉得自己和剧中高帅专情的欧巴恋爱，那身心同步发动的激烈，思念与燃烧如同真正恋爱，不，比真的恋爱更好，因为，欧巴不会伤害你。

漂亮店长因为《继承者们》喜欢上李敏镐，她说自己做了春梦，梦中和李敏镐打得火热，她加入手机line上头李敏镐的台湾地区官方账号，如此一来就可以定期收到李敏镐的活动信息。

“我昨天和李敏镐通line。”她一边整理看过的杂志一边告诉锦文。

“那个是官方粉丝团账号，你神经病吗，才不会有人回你。”锦文瞪大眼睛呵斥她。

“可是他真的回我line了。”

“哪可能！”

漂亮女人眨着大眼睛，锦文早就习惯那张活泼脸蛋表情丰富，但她那双孩子气圆大的双眼非常惊人，有时候简直可怕，常常在梦幻可爱的眨眼后，出现令锦文惊异的老练，有时则沉静如湖面。

她把自己的手机递给锦文，锦文看着她和李敏镐的对话。

“夜深了，我很想你，今天白天台北好热哪！”她传信息给李敏镐。

“最近我正忙拍连续剧《神医》，会以帅气将军的模样跟大家见面，敬请期待吧！”

“韩国和俄罗斯那场足球赛你看了吗？我看了转播，要是能和你一起看就太完美了。”

“光是想到你就会有满满的力量，谢谢你一直在我身边支持我！”

“你在干吗？”她问李敏镐。

“我不会写情书，但是我会写出充满爱的真心字句……”

“我昨天落枕。”

“今天天气好，好想和你一起去野餐！”

“我去睡了，晚安。”她想睡觉。

“最近我正忙拍连续剧《神医》，会以帅气将军的模样跟大家见面，敬请期待吧！”李敏镐重复了。

锦文有点颤抖，想找些刻薄的话奚落她以免自己的眼泪迸出来，可是锦文做不到。女孩肯定察觉到了，她立刻摆出要泼发狠的脸色：“怎样怎样，你看他真的line我啦！”

锦文想起远古时期深夜里孤单发光震动的小黑盒。

大家都在黑暗汪洋中这么拼命地呼唤了自己。

神话都破碎走远了，在看不到的时光的另一端。意识与无意识，理性与非理性，历史与未来，究竟要用什么来统整这些碎片？想一场梦，想象自己是这神秘浩瀚的一部分，想到蜉蝣也永恒。

弃鬼之身也得活完一遭。

对虚妄的执着，为幻象而献身。她的骨骼、肌肉、筋脉、血管、毛发，曾经那样饱张精血充满气力，飞向就在眼前的盛大太阳。

追着眼前烈日奔跑，狂炽热焰融化地球，她死命追着，仿佛全世界只剩下自己，在昏热饥渴中向前，跑过了这轮红日，眼前还挂着一轮红日，这轮红日之前还有另一轮红日高挂，那么多太阳倨傲熊熊烧着火。她的神气烧尽，只剩下干燥紧缩的心脏虚弱急躁地跳动，她的眼睛还紧紧盯着眼前的太阳，还有前头的太阳，以及前头的另一个及另一个太阳。

当然她也曾想望过太阳都沉没，月生沧海，吸纳所有昨日的纷飞闪烁，硕大沉静，光华自生，还有一丝神秘的清凉。

人生最大的幻象，莫过于艺术与爱情，她曾为此奋不顾身，扑火一般，却始终是个圈外之人。

至于，是不是身外之物，她不敢说了。

活成这世界，但不属于它。

那光，她明明见过的。

锦文不禁问自己，她是否真正奋力介入了自己的命运？

仿佛只是多年前某个清洁和煦的早晨，她推开了门，便过着他人的生活。

究竟发生了什么事？

仿佛深深地爱过什么，却什么也想不太起来。

她再也无法抵抗疲惫似的，在地铁车厢内婴儿似的哭了起来。抽抽噎噎，凄凄楚楚地不顾一切。

车停门开，一个年轻男人进来，锦文抬头与那男人四眼对视。

白净单眼皮的俊朗男人见到眼前这女人满脸是泪，鼻眼通红，男人本能低下头移开视线，却像受到什么吸引似的，男人又抬起头，隔着一段距离，与锦文面对面望着彼此。

锦文的鼻涕眼泪全黏在脸上，表情还停在刚刚哭泣时五官皱起的模样，像张受到惊吓的儿童鬼脸，她仿佛无言地渴求着帮助，随后又因为意识到自己这种渴求注定无望而感到痛苦。

锦文的泪又涌了出来，男人目不转睛看着哭泣的女人。女人瘦弱挫折，眼睛浮肿，脸上的妆花得面目全非，她有种一折就断的气质，摇摇欲坠却抗拒执拗。男人的瞳孔突然因惊愕而张得圆大，因为见到台北地铁车厢出现了异象：女人身后出现了光，先是诡秘隐晦不确定地闪着闪着，像翅膀初伸张时肌肉微弱一动一动的尝试，倏地它化成华盛荣美的银白光圈，毫无忌惮地映射，发出一亿灯管同时启动的嘶嘶声，瑞明灿美到夜也成了白昼，它压倒性且柔慈地将女人包覆环拥。

但女人看不到身后，对那光不知不觉。

女人湿湿黏黏，踉跄起身。

到站了，锦文想，下车走走也好。

文
景

Horizon

社科新知 文艺新潮

生活是甜蜜
李维菁 著

出 品 人：姚映然
责任编辑：廖 婧
营销编辑：陈 茜
封面设计：山川制本 workshop
版式设计：安克晨

出　　品：北京世纪文景文化传播有限责任公司
（北京朝阳区东土城路8号林达大厦A座4A 100013）
出版发行：上海人民出版社
印　　刷：北京中科印刷有限公司
制　　版：南京展望文化发展有限公司

开 本：890mm × 1240mm 1/32
印 张：7.5 字 数：154,000 插 页：2
2019年1月第1版 2019年1月第1次印刷
定 价：39.80元
ISBN：978-7-208-15467-4 / I · 1771

图书在版编目（CIP）数据
生活是甜蜜 / 李维菁著. —上海：上海人民出版社，2018
ISBN 978-7-208-15467-4
Ⅰ. ①生… Ⅱ. ①李… Ⅲ. ①长篇小说—中国—当代 Ⅳ. ① I247.5
中国版本图书馆 CIP 数据核字（2018）第 225726 号

本书如有印装错误，请致电本社更换 010-52187586